红嘴唇，
绿屋顶

找回被气候变化弄丢的

劳佳迪　著　吴曦　绘

中国出版集团 东方出版中心

（一个关于气候变化和爱的故事）

此书献给自然之友玲珑计划的伙伴们：

一群守望未来和守护内心的最可爱的人。

感谢中国社会科学院生态文明研究所研究员陈迎

担任本书科学指导。

群星和大地是生命奏鸣曲的乐手，

也是我们最后的金色梦乡。

——《一万亿个外婆》

图书在版编目（CIP）数据

红嘴唇，绿屋顶：找回被气候变化弄丢的 / 劳佳迪
著. -- 上海：东方出版中心，2025.6. -- ISBN 978-7-
5473-2590-2

I. I247.5

中国国家版本馆CIP数据核字第20240JN772号

红嘴唇，绿屋顶
找回被气候变化弄丢的

著　　者	劳佳迪
绘　　图	吴　曦
策划编辑	张芝佳
责任编辑	费多芬
装帧设计	钟　颖

出 版 人	陈义望
出版发行	东方出版中心
地　　址	上海市仙霞路345号
邮政编码	200336
电　　话	021-62417400
印 刷 者	上海丽佳制版印刷有限公司

开　　本	889mm×1194mm　1/32
印　　张	5.5
字　　数	90千字
版　　次	2025年7月第1版
印　　次	2025年7月第1次印刷
定　　价	58.00元

序言

　　飞机在海面上空盘旋，一圈，两圈，三圈……

　　一开始，邻座的女生会兴奋地拿起手机拍照。半小时后，我听到她小声地嘀咕："我们好像在转圈。"再过了一会儿，机长开始通过广播播报：由于机场上空出现雷暴大雨，我们的飞机暂时无法降落，待塔台通知进一步消息后，我们会通知各位乘客。大约又过了一个多小时，我们穿越厚厚的云层，在漫天大雨中降落。

　　本该是秋高气爽的季节，却连日雷暴大雨。原本应该在夏季发生的台风，却也在深秋初冬的季节频频造访。在经历了一个漫长的、持续高温的夏季之后，所有人都在满心欢喜地期待着一个凉爽的可爱的秋季的到来，却被不期而遇的大雨和台风搅乱了心情。更不用说，无论是高温、干旱还是深秋的台风都会给民众的生产生活甚至生命安全造成不可估量的危险和损失。这是所有人都无法忽视，也无法逃避的。气候变化正给我们的生活带来深远的影响。

为了让公众更加了解气候变化的影响，积极应对气候变化，环保组织自然之友在 2021 年发起了"公民气候行动计划——玲珑计划"，支持更多有意愿、有行动力的青年领导者发起他们自己的气候行动。《红嘴唇，绿屋顶》就是青年作家劳佳迪在玲珑计划支持下的一次"气候行动"。她用温暖的口吻讲述了一个科普奇幻故事，传递关于气候和生物多样性的硬核科学知识。小镇边缘有一个奇特的失物招领处，绿油油的屋顶上面种满了奇花异草。守护这个"绿屋顶"的是一个胡子很长的老爷爷，他的助手是一只红嘴唇的猴子。这只会说话的金丝猴因为雪线上升、栖息地被破坏而迷路，误入"绿屋顶"，一直在盼着家人将它领回家。在失物招领处的日子里，老爷爷和其他"失物"的故事渐渐浮现：原来他们都是因气候灾难来到这里的，比如被洪水冲过来的相册、一个环保巡山员的记事本、一块露脊鲸的骨头、一只濒临灭绝的玻璃蛙、一支损坏的温度计、一种叫加拉帕戈斯少女的鱼……一个个因气候变化而丢失的"失物"无不透露着作者对于气候变化的忧虑，但是色彩明亮、画风温暖的插图又在同时传递着作者内心深处的爱与希望。

作者在书中写道："对于替人保管失物，或者说陪失物等人来认领这件事，我总能感到充实和满足。当那些压缩在物件中的故事悄然复苏时，我骄傲于自己的工作是帮人捡拾回忆和爱；而在另一些不为人知的时刻，我也通过幻想某些故事获得一种真实的力量，这种力量让我活下来。"这本书何尝不是作者对自己回忆的捡拾。作者还希望通过书中伙伴们的故事，让更多人看到，即使在巨大的焦虑和不确定性之下，依然有希望和爱。我在这本书中读到了作者在世界各地游历时的见闻和美好回忆，也在书中找到了很多其他玲珑伙伴的气候行动故事。

在气候变化面前，我们每个人都像书中的毛豆爷爷一样，"是巷口的那棵柿子树，正在沉向海底，但是永远也不会逃离"。

但如果我们可以像本书作者一样，从现在开始关注气候变化，并做一些力所能及的事情，也许我们也可以收获飞舞的希望和旋转的力量。"我听到了那个声音重新从心头浮起，慢慢降落指尖，变成一匹飞舞的马、一颗旋转的星星。"这也许就是本书作者希望带给我们的，关于失去与寻找、爱与回忆的故事，它伴随着忧虑，但更加充满希望。

刘金梅
自然之友前总干事
"玲珑计划"发起人

目录

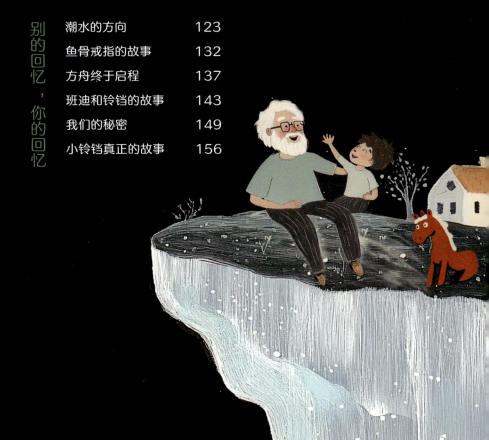

木猴子，雪猴子

驯猴

每当毛豆爷爷坐上屋顶，用薄薄的木片拨弄丝线，木头做的猴子便张开了双腿，在寂寞的夜晚翩翩起舞。几颗暗淡的星星准时在夜空中候场，仿佛这场无声表演的观众。

坚果巷，曾经的木偶剧院也是逗乐孩子们的地方，现在却很少有大人愿意蹚过几条小河，顶着热浪爬上这道高高的坡。多数人迁居别处，就像列队飞翔的候鸟。

大迁徙发生在三年前的那次风暴潮后，海浪让巷口那棵歪脖子的柿子树也失去抓地力，倒了下来。人们手忙脚乱地带走值钱的行李，再也没能回到自己的家园。

三年来，土地快速地陷落，海水如夜幕般漫延，越来越多的人选择了离开，尤其是那些永远以孩子为

世界气象组织宣布：2024 年是人类历史上最热的一年，全球平均气温比工业化前(1850 年至 1900 年）的平均水平高出约 1.55℃。目前温室气体浓度已达到 200 万年来最高水平。

木猴子，雪猴子

先的家庭。木偶剧院就这样不复昔日的热闹。

不过毛豆爷爷失去他的舞台并不是在最近。年轻时，他总是头戴一顶鸭舌帽亮相舞台的中央，木猴子便骄傲地从他笔挺的黑披风底下钻出来。它披着一件点缀了塑料宝石的绿色坎肩，抖动着一双金粉闪闪的宽眼皮，不时用毛茸茸的爪子挠痒痒。当它摇头晃脑地拨弄吉他的琴弦，或是跨上自行车挥手行礼时，台下一阵阵的掌声就是对毛豆爷爷最好的褒奖。为了编排这出木偶戏，他在后台不知道排练过多少回。

但一切却在许多年前的一次事故后忽然中断。后来再也没人能带来如此眼花缭乱的演出。因为本人缄口不言，谁也不知道究竟意外是怎样发生的。从不出门的毛豆爷爷在一次远行归来后失去了一条腿，孩子们也失去了大饱眼福的机会。医生给他换上了用硅胶和金属做的假肢。只是他为什么一个人去了那个飘满雪花的地方，又在远方遭遇过什么，这变成了坚果巷的一个谜。

不变的是毛豆爷爷的笑容。停止演出后，他的身体气球般鼓了起来。微笑总能穿透蒲公英似的大胡须，爬上弯曲的大头针般的眼角，抓住仿佛用毛笔刷上去的两道眉毛。

就连"坚果巷"这个温暖的名字都是他的主意。这条位于大都会高地的巷子在地图上其实有另一个冷冰冰的名字，但他很聪明地取了谐音。知道这个名字

来由的人们一个个逃走了，而他和那些选择留下来的少数派一样，对坚果巷充满了留恋。

一只喜欢蜷在无人认领的电动车踏板上的虎斑猫，虽然毛发时常被弄得湿漉漉的，也在流浪了一圈后悄悄溜了回来。它时常会微睁着那对蓝绿相间的迷人眼睛，在完全变绿的鹅掌楸树荫下静静地打盹。

毛豆爷爷总是笑着对别人说，自己就是巷口的那棵柿子树，正在沉向海底，但是永远也不会逃离。

风暴潮是一种极端天气气候事件，在海平面升高的基础上可能进一步侵蚀海岸线。海平面升高的原因有二：海水热胀冷缩；陆地冰川融化流入海洋。据联合国政府间气候变化专门委员会评估，到21世纪中叶，全球海平面很可能平均上升15至30厘米。

毛豆爷爷的故事

那些回忆悄悄潜入的夜晚，我总会带上我的木偶拍档，独自来到星星拉开的巨幕之下，年轻的时候还可以用上腿，现在我学会了用手指与它共舞。猴子的各处关节还像 30 年前我制作它们的时候那般灵活，谢天谢地，我的脑袋也还不至于彻底生锈。

小时候我总听阿奶抱怨，人老了，记性差了，她乒乒乓乓翻箱倒柜的声音叫人心烦意乱。我一次次跑出老屋去，外头很大，蝉叫个不停，但是后来她不在了，落叶堆满了脚边，我才发现那声音其实就是一种风信，而风总是向我们出发的地方吹拂。

再后来，我的大部分记忆也开始丢失，我意识到那并不是顷刻之间发生的灾难，而是像一卷受潮的磁带，一点一点被霉菌侵蚀了。我弄丢了越来

木猴子，雪猴子

多的拼图，渐渐忘了自己忘记了什么。

与此同时，那些沉积下来的小部分记忆却变得异常深刻。比如那个不得不搬家的下午，老屋的纱窗外是朗朗晴日，阿奶用布满皱纹的手掌一一抚摸桌子变得圆滑的边角、露出几块黑铁的搪瓷杯、用力摇晃才能出声的闹钟，深深叹气道："就是有一天眼瞎了，也知道这些老东西都摆在哪里呢。"

现在想起来，她的话，她的神情，她对老屋的眷恋影响了我。就是从那个时候开始，我留意到人

红嘴唇，绿屋顶

的情感其实被安放在物件之中，当看见外观的颜色，手指轻触轮廓和形状，甚至重新闻到某种熟悉的气味，那些寄寓其中的情感就可能喷涌出来。

失去一条腿后，我便建议将剧院的失物招领处交给我。对于我的腿，我总能从一些老熟人那儿看到怜悯，他们会露出真诚、惋惜的神色，我通常会自我安慰，并对他们报以微笑。其实对我来说，那并不是一种安慰，而是一种信念。因为我从来没有觉得，自己去那座雪山是一个错误的决定。

我为失物招领处的每个物件都贴上写了日期的标签。猴子的手臂上写着"2023年夏天"。我怕自己最后连它入库的时间都忘了。

花了6个月的时间我才将仓库里的失物分门别类：197把钥匙、311部手机、503副眼镜、757个水杯——这些数字后来也在变，但是来的人越来越少，数字也就静止了。

到了整理钱包的时候，归类的问题变得有些复杂，67个钱包被我挑拣出来。有一天，我将理由告诉了邻居夏雨：那些人在塑料夹层插上了家人或其他重要人物的相片。

我记得很清楚夏雨那天翻转一张照片的动作。她纤细的两根手指夹着那张像是精心从一张海报上修剪下来的碎片。背后簇成"加油"两个字的笔画却显得十分潦草。

红嘴唇，绿屋顶

"这好像是哪个过气明星。"夏雨说。

我猜想钱包的主人或许过着十分乏味、平淡的生活，好不容易得到与偶像见面的机会，鼓起勇气才要来签名。他一定为此幸福了很久。这让我犹豫究竟该将它摆到哪个架子上。

对于替人保管失物，或者说陪失物等人来认领这件事，我总能感到充实和满足。当那些压缩在物件中的故事悄然复苏时，我骄傲于自己的工作是帮人捡拾回忆和爱；而在另一些不为人知的时刻，我也通过幻想某些故事获得一种真实的力量，这种力量让我活下来。

夏雨一个人带着女儿小甜橙住在巷尾。她还那么年轻，当然没有机会看我表演猴戏，她只当我是看管失物的瘸腿胖老头。一次，小甜橙弄丢了一个猫咪气球，在我这儿找了回来。我已经提前给它充足了气。孩子手舞足蹈地抓紧绳带，那条绳带仿佛可以向天空无限延展。她轻轻说："这可是爸爸离开前留下的礼

木猴子，雪猴子

物呢。"那天我才知道小孩子也有回忆。

　　相比之下，夏雨更被底部的木架吸引。那里存放着数以千计的旧伞。现在她自己的伞馆里满是用竹子和纸制作的伞。很多年前被人们当作玩具的油纸伞这些年实用了起来。狂风带来了大海的呼号，篾匠劈开竹子做成的骨架才能扛住风雨。路人们不得不举着打满补丁的油纸伞在灰暗的雨夜游走。

　　穿过那些再也不会打开的旧伞，我真正想守护的东西其实藏在房间的隐蔽角落。阳光探不到那里，没有人留意它的存在。但是每当月光勾勒出它的形状，我便会心一笑。

　　我在雪山深处告别的回忆，会如底片上的图形再次显影，仿佛一轮皎月在缀满群星的穹顶中升起，而隐没在月色中的面庞也会蓦然重现。

垃圾宝藏

　　只有早起的人才会发现毛豆爷爷不只是木偶剧院失物招领处的管理员。每天他准时出现在大街上，右手握着一柄带钩子的竹竿，竿头连了一面捕蝶网，在积水中深深地沉下腰。左手腕套了金属支撑架，他才能一瘸一拐地向前挪步。

　　拐过巷口，破烂会从几只浮球似的铁皮桶内飘出来，就像被小牛反刍过那样。毛豆爷爷如往日般慢吞吞地凑上前去，用钩子拨弄那些浸泡在水中的垃圾碎块。

　　"早上好！今天又寻到了什么宝？"一个叫桑秋的人在四层小楼的晒台上和他打招呼。还是小桑的时候，他是附近很成功的房屋中介，直到三年前那次剧烈的风暴潮惊醒了这座昂贵的城市，房价一落千丈，桑秋改行当起了看屋人，专门照看那些无力搬迁的老人的起居。那些老人住在早年从他那儿买来、现在变得一文不值的房子里。

桑秋将洗好的衣物挂上晾衣杆，拿起护墙上的洒水壶，给种在废弃轮胎里的蔬菜和草莓浇水。这些都是老人们的晚餐，剩菜将被丢进堆肥桶里慢慢发酵。人变少后，蜜蜂来得更勤快了，有时还会招来贪吃的乌鸦和白头鹎。为此他扎了几个可爱的稻草人。

毛豆爷爷冲稻草人挥挥手。街上常有顺流漂来的物件，多半是主人搬走前遗落在房子里的。他捞起过装有婚纱的衣物袋、浓密的假发、藏在蓝牙耳机电池仓里的出生证明、或许为一个姑娘找回过自信的呼啦圈、可能赢得妻子亲吻的月度最佳员工的奖牌……

桑秋还是用他尖锐的喊声打断了毛豆爷爷的思绪："我劝你还是省省力气吧，到时候这么多破烂要怎么搬？"

"没人说要搬家呀。"毛豆爷爷继续挥动竹竿，踏水而行。

"你的消息未免太不灵通了！"桑秋提高嗓门，毛豆爷爷这才从污泥浊水中缓缓拉回捕蝶网。

"剧院快撑不住了，"桑秋说，"消息早在圈里传开了，占着那么一块'风水高地'，拿来做气候避难

气候变化导致更频繁、严重的自然灾害，如洪水、台风、干旱和林火，经济社会的损失难以估量，比如道路桥梁被毁坏，物流停摆，农业减产，沿海城市的房产价值可能一落千丈。

红嘴唇，绿屋顶

所也蛮合理的吧，要不了多久，但凡是个坡都会这样，就跟地下满是陀空洞一个道理。"

太阳铆足了劲攀爬，毛豆爷爷的额头沁出了几颗豆大的汗珠。每天回旋于坚果巷的唱词又来了："天上七颗星，树上七只鹰，墙上七根钉，台上七盏灯，河里七块冰。哎哟，天上乌云遮没天上七颗星……乒乒乓乓踏碎河里七块冰……"

伴随着这清脆吟唱，只见越来越近的船头上扎着一只五颜六色的风车。"真有七块冰倒好啦！"毛豆爷爷抹了把顺着灰白鬓角淌下的汗滴，冲这条木壳船打趣。附近除了自己，只有船长喂喂迷恋垃圾。他们时常相遇在街上。毛豆爷爷对她捡到的东西兴致盎然。

喂喂曾用一匹陶泥烤制的橙色小马换走了被三条金鱼占领的鱼缸。那匹小马叉着腿，歪头斜脑，有一对滑稽的斗鸡眼——是她从几条街开外的淤泥里找到的。

正当毛豆爷爷笑脸相迎时，一只圆滚滚的小毛球忽然从拱形的蓝色船篷里探出头，用黑珍珠般的眼睛到处张望，棉花糖似的皮毛上还沾满了泥点子。

"哇，这里就是你们人类的雪绒谷吗？""小毛球"尖着嗓子，用抢眼的粉色唇瓣高声喊道。它放下挠抓肚子的前肢，肥墩墩的身体颤了几下，风车的五彩纸瓣如海螺般放大了它的声音："你们可以叫我雪嘟嘟哟！"

雪嘟嘟的故事

　　他们都说我是猴子，但在我们雪绒谷的猴子家族里，我算是个不折不扣的异类。岩羊医生，总喜欢呲巴大嘴的那个，老说打从娘胎里钻出来我就不像个猴子。我猜这主要是因为我没长尾巴。

　　像我的哥哥一样，我也出生在冬天。我们那儿，那个月份只有三种颜色，天空的蓝，岩石的灰，无边无际的白。开了春，你才能发现白的下面还藏着厚厚的苔藓和被腐蚀的树干。

　　一个早上，我蜷着身子从妈妈柔软的怀抱中醒来了。和岩羊医生一样，粗嗓门的白马鸡小姐，贪睡的黑熊舅舅，好多好多邻居都来了。它们的眼睛在闪光，不光是眼睛，还有那些躲在雪地里的光点，整个世界都是亮晶晶的。

后来我才知道，杜鹃花要在几个月后才会伸懒腰。空气递来一阵阵令人愉快的香气。妈妈说它很灰心，因为我又是一个带把儿的，可它的声音如此温柔，听不出丝毫不满意。

它叽叽喳喳地踩出声响，纵身飞起，稳稳落在干巴巴的树枝上。我紧紧抓着它的肚皮，生怕会被甩走。眨眼之间，一条飘在林间的黑色丝带塞进了我的嘴巴，我第一次品尝到了天堂般的滋味。原来那股香喷喷的味道就是属于黑松萝的！妈妈在枝头奔蹿，不远处那个紧盯着我们的人是爸爸。猴子阿姨正趴在它背上专心地为它梳毛呢。

第一个发现异常的就是爸爸。它目光炯炯，脸上一丝笑纹都没有。我忍不住往妈妈怀里钻。等到妈妈也发现我没有尾巴的时候，它只是轻轻抚摸我的脊背，叫我"小特别"。

但是爸爸的担忧也不是没有道理。少了尾巴的猴子会受很多欺负。我长得越来越像家族的一员，小不点的时候还可以说我兴许不是这个家族的，但是等到我背上的毛发也变灰了，唇色越来越粉，大家都得接受我真的就是一只怪猴子。

　　每次我爬上枝头，妈妈都会为我摇摇欲坠的姿势担惊受怕。用白马鸡小姐的话来说，"活像在走钢丝"。它没事就喜欢对着山谷练声，不怎么悦耳的歌唱被山壁反弹回来，它说其实它是唱给自己听的。

　　雪绒谷位于白马雪山的深处，那儿就是我们的家。在这个家里，很多猴子不喜欢我，它们觉得没有尾巴是一种残缺，和没有手臂、没有腿是一样的，会让我失去战斗力。虽然我不明白为什么战斗就是我们这些猴子的命。

　　但山谷里也有喜欢我的朋友，比如永远甩着尾巴搔痒的牦牛博士，跟在它屁股后头的岩羊医生，妈妈很放心我和它们一起玩。渐渐地我也爱上了吃娇嫩的草芽，吃草上甘甜的露珠，吃刚刚开放的蓓蕾，也学会了用舌头去舔岩石上的盐。

　　也是这个原因，那场大火过后，黑松萝消失在山谷，其他猴子都生病了，有的头皮长出了秃斑，有些肚皮终日叽里咕噜作响，最后大家都变得沉默寡言了，只有我安然无事。我也试着给它们摘来不那么鲜嫩的草叶，但它们嚼了嚼就吐了出来。

　　一天晚上，爸爸把我叫到身边，伸手梳了梳我头顶上的那撮三角形绒毛。这还是它头一次靠我这么近。我听到了闷闷的心跳。它已经变得非常瘦弱，雪白结实的屁股也干瘪了下去。那曾经是它最骄傲的东西。但它终于不那么严肃了，从怀里掏出了一条长长的绳子。等我触碰到绳子，才发现那是用铁皮或钢丝之类的材料做成的。

"离开这里前，把这个安在屁股上吧。"它有气无力地说。我看了一眼躺在不远处的妈妈，它慈爱的目光中亮光点点，让我想起那一天雪地里的光点。它把我唤到身边耳语。

原来我还有过一个姐姐。四个月大的时候从树梢跌落。妈妈一直搂着它，时不时抬动它的小脑袋和小胳膊。可是它已经不会叫唤了。几天后，它的身体开始融化，胳膊和腿被山谷里的风带走了。妈妈将它留在了一棵冷杉树下。每隔一段时间，她还会再次回去，看看姐姐是不是醒来了。山谷里的风总是呜呜咽咽，停不下来，直到它的肚子里又有了我。

妈妈望着天空，哼起了小调。天空还是那样蓝，它才是雪绒谷里最好的歌唱家。可是我们把家弄丢了。那棵保护着姐姐的冷杉树也付之一炬。它温柔的声音如星星般洒满了夜空："去吧，去吧，带上尾巴，去吧……"

风又吹起来了。我也要出发了。

伤心治愈师

雪嘟嘟到来的当天晚上就被众人围在舞台的中央。毛豆爷爷点起了一簇壁灯，橙色光线沿着因返潮而斑驳的墙壁爬上每个人的脸颊。

坚果巷没人把尾巴当回事。夏雨觉得它丰满、红润的嘴唇更引人注意。桑秋笑着哼哼："一块带樱桃的奶油蛋糕。"对于这个比喻他洋洋自得。

喂喂觉得没有尾巴只是一种标记，标记了与众不同，应该让它对自己有更多期待才是。"你看我和你也是一样的呀。"毛豆爷爷撩起裤管，露出了假腿。

离开雪山后，雪嘟嘟已经走了几千公里。没人告诉它应该去哪里。猴子家族去过最远的地方是几百公里外的低海拔林区。冷杉林和桦木为猴子们簇起一条走廊。过去每年夏天，它们都会举家迁徙，赶去那片更肥沃的土地饱餐几顿，几个月后再回雪绒谷静候冬天降临。

后来，炙热的温度烤化了山顶垂挂的冰塔，天空划过几道闪电后总会下起冰雹，就像锋利的箭竹那样抽打在它们的背上，让旅途变得越发艰难。

离别的早上升起大雾，一只美丽的雪豹将雪嘟嘟送到了谷口。自打出生，雪嘟嘟也只在妈妈哼唱的童谣里听说过它。它一直以为这个孤独的邻居早就流浪去了别的地方——一个能填饱肚皮的好地方。它们站在雾霭迷蒙的树冠下告别，雪嘟嘟提议一起走，雪豹吹起悠扬的口哨 晨风听懂了哨音，轻轻拨开天边缭绕的云雾。一只金雕探出了脑袋。

打小雪嘟嘟就见过爸爸龇着牙对它们怒吼的样子，可是那个早上，金雕舒展翅翼于低空盘旋，反复邀它同行。雕儿驮起它在谷口低回。"我听说你有大本事，"它用翅膀扫开浓雾，让阳光照亮前方一座又一座悬崖，"谷里的事我都知道。"

"那你有什么了不得的本事呀？"桑秋应该是最性急的那个。一对酒窝浮现在雪嘟嘟被灯光照亮的双颊上。它转动脖子，发出轻微的咔咔声，又抬起肥短的脚爪蹭挠了一阵耳朵。

那天金雕停在了一面长坡上，往下俯瞰，远处就是焦炭似的大地。大火连续烧了 53 天，不仅烧光了食物，也将许多动物烧成重伤。雪嘟嘟被带进一个山

全球平均气温升高，空气中相对湿度增大，可能增加暴雨、洪涝灾害发生的频率。气候变化造成极端天气气候事件频发，极端高温热浪往往伴随干旱，增加森林火灾的风险。

洞。里头的几个伤员都是带翅膀的。一只雏雕半合双眼，躯干如潮汐般起伏。

"我轻轻地亲了亲它的眼睛，就像这样。"雪嘟嘟噘起两片粉唇。

"接下去呢？"夏雨轻声道。

雪嘟嘟的嘴唇贴到了雏雕光秃秃的翅羽上，认真又坚定。

喂喂惊叹起来："你亲了它，它就好起来了吗？"

"我的亲吻可是能治很多伤的，"雪嘟嘟的肚皮像块奶酪似的拖到地板上，"但是猴子们好像更在乎我有没有尾巴。"

伤员们一天天好起来，只用了三天，羽毛就奇迹般地长好了。

"其实我是分了一点点爱给它们。"雪嘟嘟眯缝起眼睛，一下子长大般放缓了语速，"可能其他红嘴唇的猴子也可以做到，只是它们自己还不知道呢，不过真开心自己能有这样的魔法，因为可以帮到它……"

"它？哪个它呀？"听众们异口同声道。

雪嘟嘟羞红了脸，垂下头，再次思念起那只让自己魂牵梦萦的鹦鹉。

那真是一只艳丽夺目的鸟儿！它灰紫色的胸脯像日出前的雾霭；翠绿的双翅卷起卵黄色的斑点，如被正午的阳光直射般明媚无双；火红色的嘴巴却仿佛起风的夜晚悬于天穹的月牙儿……但是再多溢美之词也无法形容雪嘟嘟记忆里的它。

有一天，它也飞出了山洞。雪嘟嘟望向它消失的方向，突然只想追逐它的背影而去，它却从此下落不明。

"对不起，无意间听到你们的谈话了……"一个声音从空空荡荡的观众席飘来。雪嘟嘟抬起前爪，铁皮尾巴摩擦地板发出一阵叮叮当当的声响。

身穿蓝色背带裤的女人身后紧紧跟着一条小狗。"就叫我脑壳吧，"她推了推镜架，目光落在雪嘟嘟的脸上，"这么说来，你的魔法可能可以帮到它。"说罢，指了指那条蜷在脚边没精打采的小狗。

奥莉奥的故事

碗里还是摆满了狗饼干、牛肝和夹着苹果干的兔耳朵，都是我爱吃的。但是我一点力气也使不出，只想把头埋进肚皮的褶皱里，越深越好。

不知从哪天起，街道就变了颜色。所有的东西都被压扁了，树木、房屋、旗帜、行人都像剪影似的，胡乱粘贴在一块暗淡的背景板上。没有清晨，没有下午，云朵消失在烟雾中，只有傍晚的一小会儿，太阳挣扎着倒挂于天空。这个黄澄澄的影子没多久也模糊了。

玉兰树上掉落的毛绒外壳被碾个粉碎，泡桐上横七竖八结着鸟巢，噼里啪啦的冰雹发疯似的砸扁一切。我快被这些噪声弄疯了。更可怕的是，巨大的雨滴在混凝土块上冲刷而过，夺走了所有气味。

红嘴唇，绿屋顶

028

是的，所有。

曾经脑壳发出一丁点声响就会令我竖起耳朵，现在她的动静好像也变得遥远和陌生了。她不只是我陪伴的人。作为宠物侦探，我们亲密合作，帮主人找回过很多走失的小狗。

这座城市的狗比儿童还要多。我们接手过300多起宠物失踪案。狗主人总是先将我们带到狗狗最后一个露脸的地点。脑壳在背带裤外套了一件荧光绿色的马甲，开始挨个走访附近的居民楼、加油站和树丛。

她将寻狗启事张贴在道路两旁的电线杆和汽车车窗上，挨户上门询问狗踪，带着我停留在有水源的地方蹲守。但是只有很少的小狗能这样被找回来。它们常常被困在水泥做的森林里，或者被迷宫般的围栏封住出路，像漫游仙境的爱丽丝那样迷失了方向。

接下来就是我大显身手的时候了，主人会拿来狗狗失踪前常用的衣物、毛毯、毛绒玩具或者狗窝。为了将这些气味铭刻在脑海中，我会围绕这些物件转上数圈。

那些味道告诉我，那是一个多么善良、忠诚又调皮的伙伴。我还会将它们的年龄和外形默默记在心里。我知道它们也在焦急地等待主人的出现。

有一次，我循着气味将脑壳带到了一棵柿子树

下，老天，我从没见过那么大的树，竟然有一只塞得下水桶的肚皮！那天空气冷冽、湿润而馥郁，令人兴奋。一个佝偻着背的老婆婆告诉我们，就在四天前见到一辆汽车撞倒了一条小狗。她在夜晚挖了一个泥坑，将小狗安葬在树下。

那次，狗狗的主人额外奖励了我一根花生能量棒和一只风干的鹌鹑。于是我仔细记住了她的形象：运动衫上画着一只老鹰，声音干脆利落，眼睛非常明亮。

"谢谢你，我终于可以真正地和小狗告别了。"她俯下身摸着我的脑袋说，指尖又特别柔软。我摇着尾巴向那个身上沾满了油彩的婆婆道别。

走在路上，我觉得自己就像一个明星。脑壳为我定做了一件同款马甲，让我看起来更加威风凛凛。当我还是一条小小狗的时候，脑壳的外婆将我从狗舍抱回来，我用吠叫声阻止她吃下一块变质的牛肉，他们就说我的个性和天赋是其他比格犬都比不了的。

但现在这些都成了回忆。高温和干燥吸走了空气中的水蒸气。我喜欢毛毛雨或是起一点薄薄的雾，尤其是雾，雾就是低洼的云。气味被放大，城市会变成一个布满气味的冒险乐园。我会找到走失小狗踩踏过的草皮，或者一块被啃个干净的碎骨头。可如今只有热浪翻涌和大雨倾泻。我闻不到气味了。

我在中年弄丢了自己的天赋，也不再被需要。城市变了以后，我们的宠物侦探所也关了。脑壳常说她享受帮别人找回宠物的感觉。因为每条丢失的小狗都有着一个个故事，故事就是回忆，回忆又带着甜蜜、忧伤而深沉的爱。

今天她听说了木偶剧院要关闭的消息。她对我说："宝贝，我们上那儿看看吧，看看能够做点什么。"她曾在那边的失物招领处找回外婆送给她的手链。那是用一些异常美丽的玻璃片穿成的，在一个雨夜被一把雨伞鲁莽地扯断了。在为此心酸的日子里，她说自己已经弄丢了外婆，再也不能失去这个纪念品。

但是她很幸运，是的，能将失物找回来的人都是幸运的，那些因为失去小狗失魂落魄的人们也会在失而复得时体会到她的心情。

那么我弄丢了什么，还能不能找回来？想到这些，我立刻又感觉背上汗津津的，接着像被封冻了起来。

气候变化的影响是广泛而深刻的。气候变化带来的改变也包括心理和情感层面，澳大利亚的生态哲学家创造了"在乡乡愁"一词来描述眼睁睁看着家乡环境改变而无能为力的心理困扰。

　　三天后，奥莉奥又开始摇尾巴了。整整三年里，它那根像个感叹号般高高竖起的尾巴总是耷拉在身后。

　　"我得好好感谢这个小毛球，"脑壳蹲下身，从胸兜里掏出一块牛轧糖，"接下来你打算去哪儿?"她拍了拍雪嘟嘟的大脑门。

　　但是雪嘟嘟还不知道那只大紫胸鹦鹉究竟飞去了哪里。它只知道那是太阳苏醒的方向。毛豆爷爷告诉它，一路东行，这里就是尽头了，再往东去，只有翻滚不休的怒涛。它有些不敢想下去了。

　　"喏! 那里头装着什么!"雪嘟嘟突然对着灰暗的角落一阵惊呼。

　　"对了，你们都看过这个了吧?"毛豆爷爷挥了挥手中的纸，将脑壳的目光引向另一个方向。猴子也挤了过来，颠来倒去地翻看一番，直到被脑壳抢了过去。"只给一个星期搬家啊。"她叹气道。

毛豆爷爷笑着说："不用担心，我们可以搬到屋顶上去，无家可归的人会被收容在这里，随后再决定去什么地方，一个星期后这儿会变成一个站台的。但是或许我们还可以一起做点事，你有你的经验。"他指了指墙角被雪嘟嘟发现的那只大木箱，转身走进了那个灰扑扑的角落。

遗落在这里或是水波送来的失物，毛豆爷爷想，用不了多久就会被运去拍卖公司或者垃圾回收站的，但这个箱子里的东西不一样。他相信还会有人惦念它们，只要还被记着，它们就不该消失。

箱盖被打开，樟脑球和灰尘的味道钻入了雪嘟嘟的朝天鼻孔。一匹陶瓷做的橙色小马醒目地挨着一大朵粉纱堆成的蝴蝶结；一只装满碎石子儿的大号矿泉水瓶下面，一些瓶瓶罐罐羞答答地藏起了里头的秘密……

"这些东西是值得找回主人的，"毛豆爷爷拿起了小马，用手指一点一点拂拭，包括尾巴部位的缺角，自言自语道，"它们都是我从'河'里捞上来的，仅仅三年前，那些'河'还是街道呢。"

脑壳提议去那些插进水中的电线杆上张贴告示。"以前我们就常这么干。"听她这么说，小狗竖起脖子，吐出舌头，眼珠骨碌碌地转动。

"多数主人应该都搬走啦，"毛豆爷爷笑着摇了摇头，"我一直想给这儿换个名字，这里需要一个新名字。"他拉开办公桌抽屉，取出那把用了几十年的雕刻刀。

"失物招领，总给人一种'等待'的错觉，其实我们也可以寻找，帮失物找到主人，帮主人找到回忆，或许有一天，也会帮我们自己找回些什么。"他把玩着那把早已被摸得发亮的木柄刀。

"'寻找'，听起来很棒，"脑壳用食指轻击桌面，喃喃道，"那么就叫寻失事务所？寻失服务社？"

毛豆爷爷习惯性地抚过胡须说："寻失俱乐部怎么样呢？"

"那我就是第一个会员了！"

"这样我们第一批会员就有啦，桑秋、夏雨、喂喂，我和你……"毛豆爷爷的笑如烛火般左右摇曳，"这儿的人都散开了，但我们还是要聚在一起。"

雪嘟嘟抢先跳上了桌子。更多丢失物件的轮廓开始显影在暮光之中：画筒、玻璃瓶罐、化石、蝴蝶结、徽章、弹珠、车票……它的目光一点一点往下移。

"不如这样，"脑壳说，"做一个网站，将失物的照片传上去，这儿关门了也不怕。我们还可以给它找点儿事做，狗鼻子没准能再次帮上忙。"她揉搓着小狗奥莉奥的后脑勺。它似乎正努力抽动湿润的鼻头，像一台老式录音机那样默默记录滑过鼻腔的每一种气味，

木猴子，雪猴子

但终究还是皱起眉，将精巧的脑袋搁在了地板上。

"完美得很。"毛豆爷爷正打算合上蓝色箱盖，雪嘟嘟的铁皮尾巴却忽然丁零当啷作响。"等等，等等！"它毛茸茸的身体兴奋地在桌面上滚过一大圈。

"怎么啦？我们的亲吻天使。"脑壳捏了捏它蓬松的脸蛋。

"我宣布，我也要正式加入你们人类的俱乐部！"雪嘟嘟吹起了欢快的口哨。太阳已经开始沉落了，一条橙色的光带在俱乐部的墙壁上浮游，又像奶油那样悄无声息地融化了。

雪嘟嘟小心翼翼地将那根点缀着卵黄色斑点的绿色羽毛从箱底捧出来，贴近自己两片肥厚的嘴唇。这是多么熟悉的羽毛！找了很久的羽毛！是它的！一定就是它的羽毛！它在心里狂呼不休。

那根羽毛却仿佛被一阵微风托起似的，在暗沉沉的房间打着旋儿，就像告别的那天雪绒谷中弥漫的蒲公英，又一次迷了雪嘟嘟的眼睛。

此刻窗外的阳光也重新点亮，追上了雪嘟嘟的记忆中透过洞口射出的那道光线。那天，奄奄一息的鹦鹉小姐曾收拢了那对异常美丽的翅膀，发出微弱的哀号，是它用嘴唇帮它疗伤，又用心记住了它。

过了一小会儿，拥挤而温暖的失物招领处再次暗了下来，雪嘟嘟的心却亮起来了。

等啊等，他们回来了

橙色小马的故事

窗口那棵张牙舞爪的柿子树倒了，柿子被洪水泡得稀烂，爷爷也不见了。爸爸说他去了一颗星星上，妈妈说他变成了星星，但他们忘记再过十天我就八岁啦。我知道，那几天铺天盖地的暴雨过后，爷爷不会回来了。书里早就说过了，不再回来的人变成了尘埃。他门口的那条大河冲垮了用贝壳和切碎的椰子壳修起来的堤坝，将屋子里的一切都卷进了漩涡，也包括我们一起做的陶瓷小马，唯一的一匹。

说起来还是三年前，爷爷送了我几本小人书。他从怀里掏出一支烟，用手捻了捻，夹在指间，点着花花绿绿的封面说："里头讲的是三个国家打仗的故事。"

爷爷和我一起从文庙搬回这些书。每个星期六，人们在一圈弯弯的檐下摆摊。更多殿宇藏在大人看不见的地方，孩子们会在后面的假山和竹林里捉迷藏，在树荫和巨廊之间来回穿梭。

我更喜欢一个人透过玻璃珠观察蝴蝶的翅膀。那片竹林里藏着很多蝴蝶，一层层绒毛就是它们的行李。我喜欢目送它们成群结队地飞走。

那些书摊里藏着宝贝，爷爷总是背着手游来荡去侦察情况，似乎很少有书能入他的法眼。有时我觉得他并不爱看书，他只是习惯用这样的方式让不同的人听自己的故事。

每当听说哪个摊主也是从马路对面那所早已关闭的小学毕业的，难得一见的笑纹就会从他威严的脸上荡漾开来。而当别人谈论过去的工作时，他就会说起自己烧陶瓷的事。

"那年头我可是带过几十个学徒的。"他总是这么说。他还说，有一天也要让我玩玩真正的泥巴，那些黏糊糊的东西能让存在于小脑瓜里的怪兽统统

等啊等，他们回来了

现身。

　　但是爷爷一眼看中了那些小人书，共有四册，小到可以装进口袋。摊主是一位驼背婆婆。她坐在蓝色的凳子上，拿着笔，在一张罩了黑布的折叠桌上涂鸦。围裙上满是五颜六色的油彩。

　　"这书怎么卖？"爷爷问道。"为什么要买？"对方微微抬了抬眼睛。"你想不想卖？"爷爷又问道。"看你为什么要买。"对方停下笔。

　　"这些画挺特别的，不像一般的画。"爷爷将书页翻得哗哗作响。我踮起脚，他弯下身。那些画中人看起来真的乱糟糟的，一张脸上长着四五只眼睛，失去重力般毫无规律地伸展和弯曲，向着四面八方望去。雪白的盔甲、湛蓝的战车、紫色的星星……在书里，一切就像打翻了调色盘。我想起爷爷说的，这些大概就是住在那位驼背婆婆脑瓜里的怪兽。

　　"那匹马眼睛是斜的，坐姿多么好玩，就像卓别林！"我放声喊道。驼背婆婆终于摇摇晃晃地凑了过来。"那是赤兔马，小朋友，"她说，"一匹好好吃饭、长命百岁的赤兔马。"

　　"真的赤兔马，主人死了，你画的不过是你想象中的赤兔马。"过去了这么久我还记得爷爷是这么说的。

　　"真的赤兔马可谁也没见过。"奶奶似笑非笑地说。爷爷用拇指盖乱了几下前额，说："你是说有很多赤兔马？"

"可能只有一匹赤兔马，在一个世界里它为主人死了，在另一个世界里它还活得好好的呢。你的思路可得打开点。"驼背婆婆说。

我拼命点起头。谁也不知道，四岁开始我就被一个奇怪的念头缠绕，已经一年了。我总觉得世界上还有另一个"我"，他也像我一样喜欢观察蝴蝶。以前我想他就住在这个城市的另一条巷子里，他的脑瓜里也住着这个"我"。这么说起来也可能他其实是我在另一个世界的分身。根本只有一个我。

我们最后买下了那些奇怪的小人书。几个月后，画册被我翻烂了，爷爷问我想不想试一试陶泥。在一个闷热的下午，爷爷拥挤的小屋里，空调风叶发出嘎吱声响，我们一起用滑溜溜的泥巴捏出小马的肩背、腹部、四只蹄、尾巴和头颅，再用两团不同颜色的泥巴为它安上了眼睛。

爷爷说了人们更熟悉的那个世界里的赤兔马的故事，它真是一匹了不起的好马，但我的小马却是按照驼背婆婆的画捏的。我更喜欢那个世界的赤兔马。

"真的存在很多不同的世界吗？"我认真地问爷爷。

"没准那里的我们现在也在玩泥巴呢。"他拖长了声音，像在故意开玩笑。

我不知道那个世界在哪里。于是我暂时恢复了自己的想法。有一天也许我可以遇到另一个"我"。我们只是住在这座城市不同的房间里，中间隔着一道透明的墙。

又过了几天，爷爷从布兜里掏出已经上好釉彩的小马。那是一种非常漂亮的橙色，和画册里的一模一样。

他慢慢抚摩着橙色小马光滑的脊背和尖尖的后腿。后来我才知道，爷爷干了半辈子的窑厂永久关闭了，里头一千多度的火焰不再燃烧了。

"这是一件大好事，"爷爷说，"地球上的煤已经不多了，即便还有，地球也该降降温了。"爷爷高高举起我，将橙色小马摆进了玻璃柜的最高层。他的手臂微微颤抖，温热的气息挠得我痒丝丝的。这也是最后一次他这样做。

不久后他就消失在了雨幕中。但我不哭，因为按照驼背婆婆的说法，另一个世界里的他其实还好好的呢。那个世界的风是温柔的，半空就是蝴蝶的游乐场。那个世界没有风暴和潮水。

可是我还能找回那匹橙色小马吗？我还能找到驼背婆婆吗？她会愿意帮我画下那个世界的爷爷的样子吗？

人类燃烧化石能源进行工业生产的同时会排放二氧化碳，降低工业生产碳排放的途径包括节能、改变能源结构和工艺等，例如使用太阳能、风力、水力等清洁能源。

红嘴唇，绿屋顶

孤岛离线了

夏雨是第一个发现俱乐部访客的人。她正拿着绿色的油漆刷站在屋顶上，就像这座孤岛堡垒上的哨兵。和其他人不一样，她并不为了咸潮的事烦心。她专注于自己手上的事，很少有什么事能激发她的情绪。

剧院已经拆除了座椅，用蜂窝纸箱搭起了几十个小床，挂上用来分割空间的布帘。人们原本应该选择那些更空旷的公园和体育场，但那些低地都被无情地淹没了。在踩着梯子取下"木偶剧院"的招牌时，人们发现上面结了一个巨大的鸟巢，流离失所的小鸟已经将这里当成了家。

"嗨！"男孩在渐渐落下的夜幕中向夏雨招手。今天，桑秋叫上脑壳，带着小狗去帮一些名单上的老人整理搬家的行装。他们住在被海水包围的房子里，就像挤在破碎舢板上等待救援的人。毛豆爷爷在屋顶的另一边捣鼓淡水处理系统。只有喂喂一个人去收集漂流的垃圾。

穿过消防栓，男孩径直爬上了屋顶。"网上说这儿有很多别人丢失的东西，是不是真的?"他说。

毛豆爷爷立刻留意到了这个粉脸蛋的孩子。"我们会尽力帮上忙的。"他插上两根软管，拧动处理器的控制阀。

"我弄丢了一匹小马。"男孩说。

"我还丢了一只鹦鹉呢!"一阵窸窸窣窣的铁皮摩擦声中，雪嘟嘟蹦了出来。

男孩瞥了猴子一眼，若无其事地耸耸肩，从口袋里摸出了一本画册，说道："画家婆婆可没画你的鹦鹉。"

"画家婆婆是谁?"雪嘟嘟歪着头问。

"我还弄丢了画家婆婆。"男孩说。

夏雨望了望三色，停下粉刷的工作。今天来不及将整座剧院的屋顶刷成绿色了。

"它是用陶瓷做的，我在想它可能已经碎了，但是找到碎片也可以。"男孩翻到婆婆画下赤兔马的书页，指着几幅张牙舞爪的肖像说。

"哇!"雪嘟嘟抢在毛豆爷爷之前大声叫道，"你的运气也太好了!你们说的那个'网络'还真的管用!"它想那一定是由一些带魔法的线连起来的。转念间它

又想到了那只失去踪影的鹦鹉，立刻手舞足蹈起来。

　　毛豆爷爷也看到了画像，说："看来我们俱乐部的运气也不太差。"

　　那只蓝色木箱躺在屋顶的角落，沐浴着落日抛洒的光焰。橙色小马就这样回到了男孩手里。他抓起缺了一角的马腿，举过头顶，整个脸颊更粉了。雪嘟嘟翻了个笨手笨脚的筋斗。

安静下来后，男孩说："你们的网站做得真不怎么漂亮，但是可以帮我发布一条寻找画家婆婆的消息吗？"

"实用的东西往往不漂亮，小家伙。"毛豆爷爷从夏雨手中接过画册。封面上只有一个光秃秃的名字。

"连书号都没有，看来网上也找不到什么现成的线索。"夏雨犯起嘀咕。

"画家婆婆说过，这是独一无二的书。"男孩说。

"她还真没有谦虚呢，"毛豆爷爷对着画册按下快门，"放心，就冲这一点，我们也会帮你的。"

伴着窸窸窣窣的脚爪刮蹭声，小狗奥莉奥跳上了屋檐，绕着男孩的裤腿一阵嗅闻。紧随其后的是桑秋高亢的嗓音，"我们回来啦！"脑壳也慢吞吞地跟上了屋顶。

"事情办得还顺利吗？"毛豆爷爷说。

"过几天就会送头一批人来，"桑秋伸手去摸男孩的脑袋，"看来今天有人运气还不错，这个小鬼头可是我们的第一个客户。"

"帮我找画家婆婆要收钱吗？"男孩低头想了想说，"我的钱罐子里存了一些硬币，但是要得多的话可能还不够。"

"咱们现在还做起寻人生意啦？"桑秋的眼睛瞪得像对铜铃。

毛豆爷爷笑着摇了摇头，对男孩说："记住，钱是最不值钱的东西，但是你得再给点儿线索，比方除了画画，她还有什么别的特点？"

"她驮着一个大罗锅！"男孩用掌根揉搓着尖尖的下巴。

"她是不是还穿了一条围裙，上头刷满了油彩？"听了脑壳的话，原本翻着肚皮在脚边撒娇的比格犬立刻发出一阵叽里咕噜的呢喃。

"我想我知道这位画家婆婆是谁，住在哪里了，"脑壳说，"当侦探的时候，她还帮过我和奥莉奥一个大忙呢。当然，这是几年前的事了，如果她没搬家，你就是天底下最好运的小家伙！"

男孩再次将橙色小马举过头顶。热气开始被余晖剪碎，预示着一天中难得的一丝凉意即将来临。

"悠着点儿。"毛豆爷爷说话间顺手按动了电闸开关，又按了两下，灯还是没有亮。桑秋也试了几下，惊呼了起来："糟糕了！"

夏雨抿了抿嘴唇："可能只是暂时的。"话音未落，气喘吁吁的喂喂就从消防梯的下方探出了头。

"坏消息，坏消息，"她边甩去汗滴边说，"今早海水灌进了电力系统，线路都瘫痪了，整个城市停电了！海底光缆也断了，那些破烂就像几十年没用过的麻绳！"

太阳渐渐沉落在层层叠叠的云幕间，却还没有收

起它的余威，依然像一座喷射热雾的火山。桑秋用力拍打脑门大叫道："这下麻烦大了！我们的网络也完蛋了！"

脑壳垂头看了一眼紧紧将橙色小马搂在怀里的男孩，伏到他耳畔悄声兑："但这并不妨碍我们去会会你的驼背婆婆。"

驼背婆婆的故事

　　我已经 80 多岁了，但我一直觉得自己还是一个只有几岁的小女孩。这太荒谬了，我都足够做别人的奶奶了。过马路时会有好孩子过来搀扶，因为绿灯已经在闪，时间所剩无几；坐地铁时会有人起身让座，因为我的"蜗牛壳"能够激发同情。

　　我管它叫"蜗牛壳"。以前我没有这个壳，大概是夜以继日的画画让它长了出来，医生还有别的说法，但这是我勉强能接受的一个。要按我的心意，它可是个宝贝，让我变成能够躲在壳里的、透明的、软绵绵的小东西。

　　没人把我当成孩子，除了那棵柿子树。很久前，植物园的人来这里研究过这棵树，它不像别的同类那样苗条，挺着一个巨大的圆肚子，好像果实是从里头源源不断诞生的。他们说这是一棵怪树，从年轮看，已经四五百年了。抱着它，我也可以理直气壮地说自己就是个小孩子。

我的很多画都是在树下画出来的。人们常说大都会没有田园牧歌，但是太阳就是太阳，月光也总是月光，所有一切都是它们雕刻出来的。我愿意守着这棵柿子树。它的肚子里装满了灵感，一会儿就会飞出来一个。

我也卖画，把它们伪装成已经出版的画册来卖。文庙是个成交的好地方，我总能等来一些不计较名声、不在乎章法的有缘人。不过只有老人和孩子愿意去那儿。你看，我说什么来着，再次证明老人就是孩子的一种。

但他不一样。那年我 22 岁，我忘记了自己现在有多老，但清楚地记得那个时间。7 月 12 日，一个正常的夏天的正常星期六——那时候四季还是分明的，我抱着几本画册出现在文庙的老地方。他是我的新"邻居"。

"你来很久了？"这是他的开场白，仿佛我们上周才刚见过。我很少能在这里遇到同龄人。"这儿的摊位费也不算太便宜。"他笑着撑开书摊，从脚边一个皱巴巴的长筒虎包里取出一大堆裹着牛皮纸壳的画筒。

我第一次见到他拍的照片。那些都来自一台老

式 120 相机。后来我们每个星期六都能见面，他每次都会告诉我一个关于旅行的奇遇——这是他拍下这些照片的原因。每个人的念念不忘都是有原因的，我画画也有原因。我老早就患上一种病，耳蜗里长出了怪东西，时常令我头晕目眩，所以哪儿也去不成。我得将故事从家门口那棵垂垂老矣的柿子树里掏出来，一点一点，而他周游世界，已经见过了无数棵不同的柿子树。

他每周都有生意，本人也如他的照片、他的故事那般大受欢迎。2021 年，也是一个夏天，他穿着褪色的牛仔裤，在宽宽的皮带扣上挂了一把军刀，沿喜马拉雅山脉走了 60 天。谁也不知道他去那儿做什么，人们只能从那些不可思议的照片中窥测一二。

但他悄悄告诉了我："去拍冰川，在它们完全消失以前。"接着那些让我终生难忘的地名就从他装满故事的口袋里飞了出来：嘎隆拉、则隆弄、绒布、抗物热、慕士塔格……他说，它们都是冰川的名字。他抽出其中一张，问我："来看看这座融化了一半的冰川像什么？"

"那可不是一顶普通的帽子，而是一条蛇正在吞下大象，摄影先生阁下。"我故作正经地用《小王子》回答。"可惜它很快就会变个样子，没准已经变了。"说完，他将那幅照片卷进画筒送给了我。

那些冰川有没有消失我不知道，但是他消失了。

在逐渐变暖的世界中，北极海冰正加速骤减，美国科罗拉多大学最新研究认为，除非未来温室气体排放量快速下降，否则北极海冰最早可能在 2027 年夏季消失。

某个记不起来的星期六，我有了一个新邻居，后来又有了另一个。我再也没有在文庙见到过他。

我并不感到难过。人们总是相遇和分离。我们是为了那些遥远的，我无法抵达的冰川而相聚的。我只是会偶尔想起他对我说过的话："在那些古老的冰川面前，我们都是小孩子呢。"我转身拥抱我的柿子树。我听到了那个声音重新从心头浮起，慢慢降落指尖，变成一匹飞舞的马、一颗旋转的星星。

真正让我难过的是文庙不见了。那次风暴潮改变了太多，那儿变成了一座水中庙，没准儿要不了几十年就会沉入水下，变成一座划着皮划艇才能参观的遗址。城里的柿子树也开始倒塌，一棵接一棵，好像黑暗中渐次熄灭的灯塔。

而那张只有喜欢《小王子》的孩子才能说出正确答案的照片又漂流到哪里去了呢？

画在伞上的世界

脑壳带男孩去见驼背婆婆的那个上午，桑秋想出了一个主意，将失物和俱乐部的信息放到油纸伞上。

"有劳夏雨亭打个样，剩下的交给我就行，用不了多久，消息就散播开了。"他永远那么自信。这个时候，他居然神通广大地弄来了一台废料发电机，还从几个咖啡加工厂收来咖啡壳当作燃料，自信也是有道理的。

雪嘟嘟立即竖起那根绿羽毛，嘴里叽喳个没完。"行了，别闹，你为鹦鹉小美女可不打伞。"桑秋戳了戳猴子湿漉漉的鼻头。

蓝色木箱里的失物统统被翻出来，摆满了木桌。毛豆爷爷在一边快门不停。这张用餐厅一次性木筷压制成的桌子也是桑秋搬来的。男孩领走了橙色小马，但"空位"当天就被喂喂捡回来的失物填补了：一大捧用胖乎乎的气球棒编织而成的玫瑰花束。

"箱子空了又会满。"毛豆爷爷边说边提醒夏雨留意贴在失物上的标签。

"这是什么?"夏雨拿起了一只玻璃罐。

"毛毛虫!"雪嘟嘟抢答道。

"狗尾草呗。"喂喂说。狗尾草蜷缩在一起,足有几十根。

夏雨撇嘴道:"什么人会收集这种满地可见的东西?"

毛豆爷爷放下相机,拧开罐盖,抽出其中一根。它毛茸茸的尖端从细杆上分成两叉,组成了一个"Y"字。众人齐刷刷"哦"了一声。

喂喂也抽出一根,同样是个"双头怪草"。"看来这儿没有什么是普通的。"她望着满满一大罐狗尾草发呆。

"可能收集了好几年也未可知。"夏雨又发现了一根三个叉的。伞面上,她将玻璃罐的照片摆在中间,用俱乐部地址和时间信息编成了一个字环。

等啊等,他们回来了

雪嘟嘟的铁皮尾巴不安分地晃动了一阵。"这个，这个。"它从一个封口袋里捧出一颗模样古怪的落花生，激动地亲吻起来。不知道是谁保留了这颗与众不同的小东西，它外壳扭曲的样子像极了一只正在仰头啼叫的小鸟。

"我现在知道为什么你想帮它们找到主人了。"夏雨从木箱底翻出另一只罐子，易拉罐拉环满满塞了一罐。

"这个啊……"喂喂轻叹间接过一个拉环。她轻轻摩挲着自己的左手食指骨节，上面套着一枚真正的戒指，银色戒托上点缀着一小块苍白的鱼骨。这是爸爸留给她的。

桑秋扑哧一笑："啤酒瓶盖还能兑奖，这些东西留着能做什么用？"

"你懂啥，"喂喂真笑道，将无名指伸进环中，"大多数女孩童年里都偷偷戴过这么个东西吧。"

毛豆爷爷缓缓转身说："就像这些香豆，也是她们小时候的最爱。"他推开另一只塑料盒的滑盖，贴近鼻子底下。里头的豆子立刻散发出浓郁的花香。

"那么收集这么多拉环干什么？"桑秋还是一副满不在乎的样子。

"这就要问它们的主人了，"毛豆爷爷笑着用一块绒布擦拭镜头，合上盖子，"我猜……也许是因为每个人的童年都太短了吧。"

"嘿，你就这么收工啦，箱子里还有东西呢！那个，就那个，是什么？"循着桑秋的指尖，躺在蓝色箱底的东西露了出来。

　　"是不是系在猫脖子上的？"夏雨说。

　　"或者是戴在哪双肥嘟嘟的小手上的。"喂喂说。

　　夏雨摇了摇头："不会，我家小甜橙有一个，可比这个迷你多了。"

　　"如果是用来系马的，我脑中就有画面了。"桑秋说。

　　"听说雪绒谷外边，有些牦牛就戴这个。"雪嘟嘟蹑手蹑脚地将那根心爱的羽毛放回了箱子。

那是两只系在一起的银色铃铛。就像普通铃铛那样，金属小球碰撞发出高亢、悦耳的声音。桑秋将它们放在掌心掂量了下，正要细细端详壳上的浮雕，铃铛就被毛豆爷爷拿走了。

"这个就不劳上伞啦。"他默默将铃铛放回那根鹦鹉的羽毛边，抬起头，温暖的梨涡在胡须丛中若隐若现。

那可是我用一条腿换来的呢，他低下头，暗自想道。此时的太阳还在缭绕的灰雾中向上攀登，仿佛要努力穿过那些来自往日的烟尘。

现在还是秘密呢，毛豆爷爷闭了会儿眼睛。雪嘟嘟眯缝着眼，噘起了嘴唇，准备用一个吻让他从回忆中醒来。

玻璃手链的故事

驼背婆婆来了又走了，背着她的"蜗牛壳"，步入茫茫夜色中。但她说的故事让我们大家都着了迷。几年前我就知道那棵巨大的柿子树下埋着一条寂寞的小狗；她现在说它也变成了果实，有一天会从树瘤里头飞出来。她说的话让宝贝奥莉奥都兴奋了起来，鼻翼张张合合的。

我先带着男孩去了她的家，然后带她来到绿屋顶俱乐部。因为在那棵柿子树下，我还听说了那个曾在礼拜六出没的摄影师。

"俱乐部的失物箱子里我记得就有一个画筒。"在那棵巨型柿子树下，我告诉了她这条线索。

"用牛皮纸包着的?"她晃了晃身子。"用牛皮纸包着的。"我肯定地点点头。我猜那里头就装着

065

那座帽子形状的冰川照片，但是等我们回到俱乐部，打开画筒一看，结果真叫人失望，里面没有冰川，甚至也不是装着照片。纸包里露出几颗乳牙和一大丛灰白的胡须。雪嘟嘟扑上前去，亲吻了一下婆婆枯枝似的手背。

不过那个走运的男孩很满意。驼背婆婆答应会为他画一个快乐爷爷，就像那匹快乐小马一样。快乐爷爷、平行的房间……我摸了摸手腕，将那条玻璃做的手链转了个圈，一种熟悉的哀愁再次缓缓泛上了心间。

过去，这条手链一直收在外婆的百宝箱里。小时候她就从里头摸出柿饼和牛轧糖，塞到我的掌心。后来她病了，那时天气已经开始失常，在一个炎热的午后，她一头栽倒在天井里。

她被诊断为热射病，这是我第一次听到这个名字，一开始我们担心她伤到了骨头，但她最终却因为体温调节功能的失灵而倒下。倒下的时候，手里浇花的水壶还是满溢的，洒了一地。

一个晚上，她摸索着将手链褪下来，像递小时候的那些零食一样递给我。浅蓝、褐色和浅绿的玻璃被打磨成不规则的珠子与薄片。她冲我扬扬手，浮现出一个梦一般清澈、干净的笑。驼背婆婆说自己还是孩子，我相信她的话，那一刻外婆也像个孩子，早已盲了的眼睛上忽然落满了雪花。

热射病是暴露于高温下的严重中暑，此外气候变化还会增加心脑血管疾病、呼吸系统疾病、虫媒类传染病等。2016 年世界卫生组织估计，到 2030 年，与气候变化相关的死亡人数将达 30 万。

红嘴唇，绿屋顶

　　最后的时光里，就着窗口飘进来的缕缕光线，我幸运地听完了外婆的故事。原来我们都忘记了，她也有自己的小时候，并在那段时光里专心扮演她自己。海边长大的她，独自在潮间带收集起那么多大海的碎片——一种被她称为"海玻璃"的东西。

　　我用手抚摸着手链，一种温润的质感从指尖

等啊等，他们回来了

067

慢慢扩散。举在眼前，海玻璃是磨砂的；捧在手心，海玻璃又像是透明的，折射出我从来不知道的往事。小时候的外婆一个人走在海滩上，将这些被潮水带来的礼物装进竹篮里。黄昏或清晨，日复一日。

"究竟什么是海玻璃呢？"我将手链缠到自己的手腕上。

我用了一些时间才拼凑起她的意思。人类将玻璃瓶丢进了海里，大海却用这样的方式完成了艺术创作，在潮汐温柔的吐纳中，它们又回来了。

可是也有一些东西回不来了。海水变得越来越热，烤坏了浅海的珊瑚。人们再也无法捡到那些五颜六色的珊瑚枝，只剩下苍白的骨架。海水也变得越来越酸，它们停止生长了。外婆也是从那个时候开始收集海玻璃，装满了几十个透明、宽口的罐子。她说，海玻璃是大海的密语，也是我们的歉意。

二氧化碳溶解在海水里会导致海洋酸化，将对珊瑚礁、贝壳、浮游生物等海洋生物的健康造成威胁。

"死去的珊瑚还带走了各种类型的鱼。面对大海，渔民们变得一无所获。"听完了我的叙说，喂喂突然说起。我不了解她的故事，只知道她驾驶的那条蓝色木壳船就是从爸爸那儿继承的。他是上一代船长，听说死于风暴潮期间的一次大海啸。

回声杂货店

第一批老人很快住进了木偶剧院。虽然剧院已经不复存在，坚果巷的人们还是坚持这样称呼，就像随时还会相聚在徐徐拉开的大幕前，用掌声期盼又一场演出一样。

第一批油纸伞也制作完毕了。正如桑秋预料的那样，这些移动的告示牌带着寻失俱乐部的信息穿行在街头巷尾。炎炎烈日或疾风骤雨，人们总是视线模糊、心事重重，但是伞面上醒目的图案令人怦然心动——那是雪嘟嘟的两片粉红嘴唇。

就连位于低地的几条巷子也出现了这种伞。几个搬进剧院的老人就打着这样的油纸伞。毛豆爷爷听说他们是从别的街区一家杂货店弄来的。

"那人我认识，"夏雨说，那是一家名叫"回声"

等啊等，他们回来了

的杂货店，"最早我以为就是一个社区小店，想把伞放到货架上卖，但那个店主挑剔得可怕。"

"莫非你的油纸伞还不够格？"桑秋撇了撇嘴。

"她问我除了在伞面刷桐油，制作过程中有没有用过胶水，是什么样的胶水，伞把又是怎么安上去的，"

夏雨耸肩答道，"这种体验可是绝无仅有的。"

"看来她只卖对地球友好的东西呢。"喂喂又习惯性地转动那枚爸爸留给她的鱼骨戒指。

夏雨点头道："没错。听说有一次老鼠光顾了那家店，放着桌上的杨梅不吃直奔肥皂货架，将洗脸皂、内衣皂、家事皂挨个尝了遍，就因为那些都是用植物油脂做的，一点儿矿物油和化学起泡剂都没加。"

"这老鼠和店主一样挑剔。"喂喂笑得露出一排牙齿。

"还没完呢，里头卖的小东西全是纯天然的，牙线是蚕丝做的，锅刷是椰棕和楠竹做的，食品密封袋是玉米淀粉做的，抹布是竹纤维做的，胶带是纯木浆牛皮纸做的，沐浴球是蜂窝海绵做的……"带着一丝新奇，夏雨说道。

"那现在这批油纸伞是够格了吗？"毛豆爷爷说。

"这就是奇怪之处，我一直想研发一种榫卯结构的伞骨，还没有成功，胶水是免不了的，所以我也不知道为什么他们能从杂货店弄到这些伞。"夏雨遗憾地摊了摊手。

"这个我能回答。"一个颤巍巍的声音追上了他们。雪嘟嘟快速扫视了一下面前拄着伞柄的老人。

"我就是从你们说的那个街区搬上来的，想当然可不是分析问题的好办法。杂货店可以拿到伞，并不代表就是买来的。"这位"伞奶奶"将双手交叉放在伞把上，露出一种笃定而又威严的气势，"在那儿的二手物件交换角，张家用不到的本子，李家用不到的裙子，孙家用不到的锅子，直接拿走就行，"她轻轻抬了抬纸伞，"当然了，伞也有。我的行李箱里一半都是从那儿免费拿来的。"

"老鼠也打算免费拿点食物。"雪嘟嘟对那些偷吃肥皂的家伙全无好感，但它也有些怕猫，因为猫会抓鸟吃。

伞奶奶也像别的老人那样喜欢摸它头顶的那撮三角形绒毛。她清了清嗓子："还有比老鼠更狡猾的坏蛋。"

风暴潮到来前，一个神偷光顾了整个街区，神不知鬼不觉地将公寓楼下的店铺翻了个底朝天，回声杂货店却幸免于难。而那段时间，那个骄傲的店主一直不在家。

"听说是去旅行了。看家的只有一只猫，自打引来老鼠，她就收留了一只流浪猫。"伞奶奶话音刚落，小狗奥莉奥就不服气地摇头晃脑，仿佛在抗议，自己才是看家好手呐。

夏雨接话道："其实可能是因为锁吧，这个奇怪的店主没给大门配锁，只是挂了一把行李箱上拆下来的密码锁，三个数字排列组合的那种，估计小偷也傻眼了。"

"也是。那只猫除了打盹就是睡觉，但是它的一身虎斑实在好看，尤其是那对蓝绿相间的眼睛，跟玻璃

使用二手物品可以减少能源消耗和碳排放，同时减少其他资源消耗和废弃物污染。

弹珠似的，"伞奶奶说，"一看就是谁家养的偷跑了出来。"

毛豆爷爷出去了一会儿，回来时怀里多了一只虎斑猫。也不知道从什么时候起，它有时会蜷缩在一辆废弃电动车的踏板上。此刻它正眯着那对传言中美丽异常的眼睛。

夏雨张大眼睛将安静的小猫接到自己的怀里。"原来是这只猫啊。"她说。

"你居然认得它？在踏板上已经趴了好几个月了，不过多半似乎是在夜里。"毛豆爷爷困惑地说。

"它是小甜橙的啊，"夏雨用脸在虎斑猫柔软的脊背上蹭了蹭，"不对，也不算是小甜橙的，我也说不清来历，她有一个神秘的大朋友，这猫原本是属于那个人的。"

直到小甜橙蹦蹦跳跳地上了屋顶，虎斑猫终于睁开眼睛，露出细细的牙齿，冲她喵呜了几声。夏雨刚松开手，猫咪就灵巧地钻进了小甜橙的怀抱。

"它是爷爷的。"小甜橙说。

"哪个爷爷？"连夏雨也一头雾水。

"照片爷爷呀，隔着一堵墙的。"小甜橙弓起手背，将几根手指插进虎斑猫打结的毛发里，轻轻地来回抓弄。

"原来是他的，"夏雨转头对各位解释，"据说那个老爷子只身一人，过去一直在拍照，或许是年纪大了，养了这只猫做伴。"

"那个照片爷爷呢？猫咪怎么到你这儿了？"脑壳忽然想起了驼背婆婆说的那座帽子冰川。

"几年前他就拖着行李箱出远门了，让我帮忙照看这只猫，如果不是风暴来了，猫咪也不会丢，"小甜橙心疼地将虎斑猫紧紧搂住，"你终于回来啦！"

"竟然一直就在附近，猫咪丢了以后，她爸爸才买了那只猫咪气球的，"夏雨轻轻叹了口气，"可惜最后，爸爸也丢了。"她想起了那个男人逃避的眼神，为此两人准备离婚。

小甜橙让猫咪继续窝在怀中，用手掌轻拍着它高低起伏的躯干。"我还收集了它褪下来的胡须，我想，有一天照片爷爷回来了，就可以把它们送给他，让他看看猫咪是怎么一天天长大的，"她垂下眼睛，低声道，"就像掉下来的牙齿可以让爸爸看看我是怎么长大的，等他回来的时候就可以了，但是它们也在风暴中弄丢了。我花了一年才收齐呢，一颗、两颗、三颗……"

毛豆爷爷和雪嘟嘟快速交换了一个眼色。这只雪山来的猴子变得像木猴般善解其意。它甩动鞭子似的铁皮尾巴，麻利地从箱子里掏出了那只用牛皮纸包裹的画筒。脑壳也心领神会地冲他点了点头。

乳牙和猫胡须，就这样再次回到了小甜橙的眼底——此时，在黄昏美好而又忧伤的咏叹中，一种充满魔力的梦幻般的金色光芒在闪动着。

猫胡须的故事

我的名字叫猫。我知道有些猫拥有自己的名字，比如咪咪、可乐和汤圆，哦对了，还有橙子。人类根据颜色、食物或显而易见的某种个性来取名。但我认为在所有名字中，"猫"就是最特别的。我也叫那个收留我的人——"人"。"人"并不是因为缺少才华而故意偷懒，像他这样走遍了世界的人，不可能被这种小事难倒。

他曾经打算叫我"红树林"，我身上的斑纹就像他的镜头下那些将根系扎进土壤的丛林，他说它们是阻挡水网漫延的大功臣；叫我"大棱镜"也是可以成立的，听说我的眼睛和这个地底温泉的颜色一样。他时常怀念"大棱镜"，因为降雪变少，夏天热得冒烟，它几乎消失了。

就算干脆叫我"海鬣蜥"，我也欣然接受。虽然我根本不知道这种生活在水下的动物到底是个什么模样，有这样的名字多半很丑陋吧，但是他对它们着了迷。相伴了七年后，他顶着一脸白胡子也要去那个世界另一头的海岛，一头扎进水里，为的就是拍下这些终日挨饿的小东西如何缩小自己的骨骼，换取活下去的机会。

我听到了他和隔壁女孩的对话。给我取名"猫"是因为这有一种森林之王的感觉，就像没有人会给老虎取名，他们只会叫它"老虎"。我和那个叫小甜橙的女孩一样喜欢这个解释。这么说起来，其实现在我也可以被唤作"老猫"了。

他们总在一起，据我观察，是瞒着其他大人的。关于红树林、大棱镜和海鬣蜥的故事，都是我从他们的对话中听来的。他还带着她一起捣鼓猫砂，据说里头用来除味的黏土也可以让空气变得不那么有害。他的奇思妙想只有孩子和猫能够欣赏。

我也听到了他们最后的对话。"人"十分担心自己的耳朵，它们对水压过分敏感。他没有充足把握能够活着回来，于是将我托付给那个女孩。临别的晚上，他一勺一勺将罐头里的鱼肉送进我嘴里，随后目不转睛地注视我的表情，当我是刚来世界不久的婴儿似的。但他显然不像我这样心领神会，他没有听出我在呜咽中反复呼喊的"不要走，不要走"。

我本来是无家可归的孤儿，比小甜橙还惨，我根本不知道自己的老爸是谁。我出生在这座城市的角落，那儿的地上遍布油污，盲肠似的巷子错综交织，却是我们这些孤魂野鬼的天堂。我也像其他猫一样，穿行在子夜的迷宫中，赶在街道被收拾干净前为了一口残羹冷炙大打出手。

　　如果不是被"人"收留，我很可能在三年前就已经死掉了。那片养活了很多同类的边缘地带，早已变成一片泽国。"人"离开后，我试图回到那里，却只能望洋兴叹。你们也知道，我们很怕水。是他把我带回了家，他说是因为我的眼睛。那段时间他爱在夜晚摆弄相机。

　　那个晚上我刚好被一只鹦鹉吸引。它的胸口有一大片好看的紫色，不过我更关心它是不是肥美。我已经饿坏了，等我悄悄爬上树，它张开翅膀飞了下去。我眼看它飞进一个窗口，那儿摆着一台巨大的望远镜。一双大手将窗户关上了。我潜伏了一会儿，不得不悻悻而归，却被"人"的镜头逮到了。

　　在一次你追我赶的角逐后，他真的逮住了我——这是他以为的，实际上是我选择了投降。我看到了"人"的眼睛，慈爱、温和，没有恶意，但主要是我真的饿得没了力气。住进他家的第一个晚上，我就庆幸自己选对了。

　　现在我的心一次次越过崇山峻岭，飞向那片远方的群岛，潜入深不见底的海沟，苦苦寻觅他的踪影。人类都误会了猫，以为我们热衷流浪，野性难驯。只有我知道，在被大水淹没的街道上，有多少小猫渴望得到一个真正的家。

我一直相信他还会回来。他的白眉毛一定盖住了眼睛。我也已经变得很贪睡了，总在不同的梦境中昏昏沉沉地穿梭，拼命想在某个关于他的梦中流连。等他回到这里的时候，可能我已经走了，飞往一颗永恒的星星，那些被埋入水底的猫也住在那里，但是女孩会将我的胡须交到他的手里。这一点我深信不疑。

找啊找，我们出发了

气球玫瑰

　　如果没有小甜橙，那束用气球棒编织成的玫瑰花束还不知道要在装满回忆的箱子里等上多久。喂喂说，那天它在街道上漂流，被水波驱赶，应该穿过了许多个街区。

　　"就像无动力帆船，爸爸说过，想去海上驾驶这种船，让洋流和星星带自己去往任何地方。"喂喂又开始转动套在食指上的鱼骨戒指。

　　但是没人知道这花束是从哪儿飘来的。复杂的道路就像巨型蛛网，他们无法逆流而上，追着那些细小的漩涡，还原它的行踪。

　　"会不会是从游乐园来的？"脑壳觉得这种编织气球很像孩子们的玩具，"长长短短的气球棒没准还可以拗出小兔子、小青蛙、小马的造型什么的，只要孩子们高兴，循着他们的轨迹找准没问题。"

大家立刻想起了城市西郊的那个游乐园。三年前，摩天轮像齿轮那样自己在半空旋转了起来，后来劲风又喊来了潮汐，齿轮就生锈了。它停止了转动，只在夜晚用灯光勾勒出完美的圆形，仿佛一轮永恒悬停于海平面的满月。但只要望得久一些，一种畏惧感便会从心头涌起。

"或许真是从游乐园买来的气球，但我们要找的可是买气球的人，各位。"桑秋说。

喂喂却高高挑起了眉头。"注意这是一大束玫瑰，未必就是给小孩子的。"

毛豆爷爷没有说话，他正在为另一件事高兴。第一次，俱乐部在做"寻找"的工作，而不再单纯是"等待"了。

084

小甜橙金丝雀般甜美、干净的声音响了起来。"给我看看气球，"她从雪嘟嘟的爪子里接过了花束，翻来覆去地查看，直到发现了那个徽记，"真的有哎！"

循着她手指的方向，一个约五厘米长的英文签名浮现在胖乎乎的"花茎"的底部，是用银色马克笔写上去的。

"我的猫咪气球也有这个，就在猫尾巴的位置哦。"她长长的睫毛覆盖着那对扑闪金色光点的大眼睛。

夏雨望向毛豆爷爷说："你见过那只气球的。她爸爸买的。"

"确实像是出自同一双手。"毛豆爷爷想起了那只猫咪的脸蛋，当他充好气，三颗气球蛋凑成了眼睛和嘴巴的样子，猫尾巴也是一条细细的气球棒。

桑秋认真研究起那个用马克笔写下的字迹，不知是不是因为在水里浸泡太久，笔画变得残缺而模糊。半晌，就像对待任何事那样，他务实而又不乏尖刻地说："这人就不会好好写字吗，故意让人看不懂还是怎么着，好像是'Crown（王冠）'，又好像不是，反正我想不出更贴近的字母了。"

脑壳对这个答案表示赞同。有些人总是习惯一笔带过。

　　"手艺人可能就叫'王冠'，但我们要去哪里找他呢？"说完，脑壳意味深长地望了一眼夏雨。夏雨抿了抿嘴唇，垂下眼睛。或许真的只有小甜橙的爸爸知道那人是谁。

　　在众人试探的目光中，过了好一会儿，夏雨就像做了某个重大决定。"好吧，好吧，我打这个电话。"她说。

　　电话接通了。在挂断以前，小甜橙接过了听筒。"爸爸，你什么时候回来？我有东西要送给你。"她婉转的嗓音带着一丝天真的忧伤。或许是得到了满意的答复，这种忧伤又转化成显而易见的甜蜜。

　　"爸爸说会来看我，等大人们修好了铁轨，他就会来！"小甜橙蹦蹦跳跳地说。夏雨用手抚摩她的前额，安慰地点了点头。等到小甜橙抱着猫砂盆和小铲子跑开，她才说："希望这人不会再次叫

找啊找，我们出发了

087

人失望。"

三年前，小甜橙的爸爸自告奋勇向铁路公司申请了维修工作，大雨导致北方来的一条大河决堤，许多重要路段的路基塌陷了，载有约 500 人的旅客列车的五节车厢发生了脱轨。后来这样的事故此起彼伏，就像打不完的地鼠。他再也没有回过家。

夏雨觉得这就是故意逃避的方式。因为他是一个程序员，他的工作和体力活沾不上边，不过当他的声音混杂着乒乒乓乓的噪声从听筒传来，她有些动摇了，这还是三年来的头一次。

"现在这样说可能有点不合时宜，"喂喂带着几分歉意，小声问道，"小甜橙的爸爸有没有说'王冠'是谁呢？"

"哦，其实是游乐场的'小丑'。"

桑秋狠狠拍打脑门："原来那个单词是'Clown（小丑）'，和'Crown（王冠）'差一个字母，害我费了半天劲！"

"那么这位小丑先生住在哪里？"雪嘟嘟说话间挪动到了夏雨的身边，随时准备献上一吻。她从没有像现在这样，看起来困在了某些情绪之中。

夏雨低声回答："地址在这儿。"并用食指无力地戳了戳自己的太阳穴。

在地面上，气候变化造成的极端天气破坏了路面基础设施，而被称为"地下热岛"的地下气候变化也多次导致交通和公共卫生问题，如地铁轨道过热造成轨道扭曲，迫使地铁减速甚至导致地铁脱轨。

红嘴唇，绿屋顶

小丑的故事

那群不速之客吓了我一跳。像我这样的人，已经有几年没听到敲门声了。住在半坡让我逃过一劫，但唯一的朋友遭了殃。就算我用油彩画个大白脸，脸颊抹上伤口状的红色三角形，配上夸张的咧嘴，套上最受欢迎的菱格背心，也不能让他快乐起来。但也有可能他去了一个根本没有悲伤的世界。

很多人喜欢我做的气球玩具，他们举起我编织好的充气小动物在游乐园里活蹦乱跳。根据大小和制作难度，每个气球玩具卖10—25元不等。

我总是点头哈腰，故意学搞笑的步伐，或者挺个肚腩、撅高屁股，引人哈哈大笑。我习惯了这样，我从来不笑，但画上去的微笑紧紧粘贴在脸上，让我看起来永远在笑。

孩子们对那些气球棒做的发条青蛙、机器猫、米老鼠的喜欢，也让我产生稍纵即逝的快乐，取悦别人毫无疑问能够产生满足感，但等我回到空荡荡的小窝，回到没有别人存在的房间，打开不知道有没有过期的罐头，我便对此产生怀疑：我到底是谁？

朋友是负责海盗船的，他的任务是每时每刻提醒那些寻求刺激的游客系紧安全带。我们发现彼此是同伴，都对这种周而复始的日子感到厌倦。但他觉得我的境况要好上一些，因为我可以将气球棒捏成任何我要的形状，甚至是一颗炸弹，而他自己只是荒谬的西西弗斯。

他没能活着看到我编好的玫瑰花束。我想他是对的。虽然强颜欢笑令人陷入持久的压抑，但是当我头一次看到她，听到她对我的手艺赞不绝口，我便生出了一种真实的幻想。仿佛从窗帘的缝隙透进来一缕橘黄色的阳光，她套在一件老鹰图案的运动衫里的健美身形，被雕刻出一种健康、动人的蜜色——这还是我第一次留意到别人的颜色。以前的世界仿佛只是灰色的。

当她掏出一块手帕，我已经预感到那是递给我的。我因为脸上糊满油彩站在大太阳底下好几个小时而满头大汗。

我将一只"史努比"气球放到她的手里，肢体惯性而又不自然地摆动，逗得她笑容满面。她看不到我被封印在小丑面具背后的表情，但我对她的笑容做了一百种解读。

"谢谢，我很喜欢你做的气球狗，让我想起自己养过的小狗，一条无与伦比的比格犬。"她的声音也很般配，和她胸前的老鹰，和她那张并没有多漂亮却神采奕奕的脸蛋。

她叫鱼果。这和一切也很般配。我偷偷收集关于她的线索。这并不算太难，因为脱下油彩，谁也不认识我。而她是演员，虽然剧团很小，也曾登上过海报。我将那张海报上的她剪了下来。

我记得很清楚，那是一场关于气候危机的即兴表演。一个焦急的老人和一位陌生的少女攀谈起来，少女正在和一些野鸟分享面包。她理所当然地扮演那个少女。当老人慢慢告诉她人类和野鸟正因为气候变化而遭受类似的命运时，她情不自禁地泪洒舞台。

我也被感动了。我感到有一种真实的生命力在舞台上涌动，她虽然扮演着别人，但自己并没有因此消失，反而像湖水中的倒影那样显现了出来。这令我羡慕至极。谢幕之时，我默默跟在队伍的最后，犹豫着要不要走上前去。我的手指触碰到了口袋里的海报碎片。我渴望看到她的字迹。

最后我得到了它。她笑着签完一个又一个名。

在咫尺之间再见到她，这一次，我忽然看到了笑容背后的疲惫。我决心为她准备一个礼物，就用我的拿手绝活。我想那束用气球棒编织的玫瑰应该装进一个粉色盒子，匿名送到剧团里。

可是直到三天前那群不速之客到来，我才知道自己三年前准备的礼物究竟被大水冲到了哪里。意外的是，他们还保管着我的钱包。原来更久以前我将它落在了木偶剧院的座椅上。

后来我再也没有见过鱼果。剧团早已解散，谁也说不清她去了哪里。她真的变成了一只野鸟，就在我触碰到那些鼓胀的气球，那些被它们簇起的永不衰败的"玫瑰"，以及抽出那张海报碎片感受到指尖的微颤时，我仿佛再次和她相遇了。

很快我就意识到，我遇见的其实是那个躲在角落里的人，就是我自己。

獾乐学校

　　静了几天，在一股卷着海水味的风中，又有人来访了。他的车把手歪歪斜斜，上身却绷得笔直，像一个大提琴手。这天桑秋正想方设法为避难的老人们预备更多的救生艇，他对这个地方到底能维持多久没什么信心。

　　毛豆爷爷和喂喂围着那条会唱歌的木壳船窃窃私语，船被一条蓝色飘带系住，在风力的鼓舞下，如风筝般不断向远方的海平线滑动。雪嘟嘟试图用街道上抓来的几条小鱼讨好那只懒洋洋的虎斑猫，它满脑子都是鹦鹉的下落。夏雨忙着制作新伞，小甜橙坐在屋檐下拍打一颗弹力球。

　　脑壳发现了那个自称"獾工"的人。他将自行车停靠在那辆颇受虎斑猫青睐的电动车旁，拔出了钥匙。

"你的车很酷！"脑壳从屋顶上也能一望而知，那辆自行车是竹子做的，于是毫不掩饰对如何完成这种结构的好奇。

矍工冲她扬了扬手臂，俯身放下了卷起的裤管。带了两个扣环的斜挎包让他看起来就像一个邮差，但手里的长柄油纸伞似乎又否定了这一点。

上了屋顶后，他正式伸出手和脑壳打招呼，敞开的绿衬衫里，露出白色T恤上的一小块图案。脑壳装作有些不在意地悄悄打量，那是某种尖嘴小动物。

找啊找，我们出发了

"一只獾的脑袋，"獾工笑出了几条鱼尾纹，介绍起自己的名字，"我是獾乐学校的……姑且可以说是校长？但我更喜欢过去工程师的身份，并以此为豪。"

"这倒是新鲜呢。"脑壳从没听说过这个学校。这并不奇怪，如果将这座城市平展开来，会像一幅褪了色的羊皮古卷，那些重要的地名隐藏在边缘模糊的字迹里。

"这里还有很多我不知道的地方，就像你不知道我们学校一样，我们不知道自己不知道什么。"獾工的话令脑壳心头一颤。她觉得面前的人似曾相识。她之前还没有感到今天乘着微风的暖阳难得地令人舒适。

"我们有点儿神秘，"他微笑着说，"在公开场合它还有另一个名字，但我们叫它獾乐学校。"

"就像这条巷子，我们叫它坚果巷，但在地图上它又是另一个名字。"脑壳脱口说道。

"看来我们都喜欢藏在背后的东西，"獾工眼角的皱纹更深了一些，"你知道，獾就是一种神秘的动物，独居在地下城中，如果不是真的认识它，你压根不知道它刨开大雪，为过路人修建了一个寒冬里的避难所，你还以为它总是躲起来和自己玩。"

"这就是为什么你叫自己獾工？"脑壳很少这样主动攀谈。

獾工咯咯笑了几声，重新抬起头时，露出了一个温暖而又微微狡黠的眼神。"我很高兴从你这儿听到这样的解释。"他说。

"那你们那儿的孩子是不是也很神秘?"脑壳不由自主地跟着笑起来。

"他们被大人送来我们这里,在这之前有些小淘气鬼砸过玻璃,也有一些总把自己关在房间里,但是到了獾乐学校,他们会知道自己并不是无可救药的孩子,他们也是被爱的,"獾工说,"他们可以从日常的细枝末节中发现自己是谁,比如喜欢制作蛋糕,愿意替同学记账,或是在即兴喜剧中体验到变成一棵树的快乐,我们的目标是提供场景,帮助他们找到适合自己待的位置。"

"他们只是很特别的孩子。"脑壳说。

"是的,他们是一群'小特别'。"獾工撑开了伞,伞面上正是那束气球玫瑰,"我到这儿来,也是为了寻找另一个'特别'。"

脑壳立刻猜中了他的想法:"你想知道谁是制作这束气球玫瑰的手艺人,好让他为孩子们提供另一个有意思的学习场景。"

"或者也可以说是提供疗愈和发现的场景?"这时獾工也开始觉得好像在哪儿和面前的女孩交谈过。他不可思议地重重点了点头。

"你很幸运,我们已经找到了他,确实是一位非常特别的气球手艺人,也许他从不这么定义自己,但我确信他是的。"脑壳提到了那个人,"他的签名不是

'王冠'，而是'小丑'。"

獾工收起了伞。他很确定小丑就是自己要找的人。在半坡的草坪上，小丑可以教孩子们用气球棒折叠出脑海里的东西。他还可以为他们的杰作准备氦气，让这些奇思妙想飞向天空。

"十分感谢。"獾工再次绅士般地伸出手，这次他感觉到脑壳的手指非常柔软。脑壳将手插回背带裤兜，取出一支钢笔，说："你可以留下电话。"

"不如告诉你学校的地址比较好，光缆随时可能被冲断。"獾工一笔一画地书写。

"但学校也随时可能搬走的。"脑壳说。

"不会的，至少暂时不会，别忘了，獾可是在雪地之下建造宫殿的神秘动物。"他说完停顿了下来。脑壳眼看着他顺手将那支钢笔塞进了自己的邮差包。

"再次感谢！我会去拜访那位了不起的小丑的，希望他会喜欢我们的学校，"獾工摸了摸鼻梁，笑着说，"不介意的话，也请你去我们那儿坐一坐。"

脑壳不知为什么忽然想起了小时候花园里巨大的柏树和栗子树，她坐在窗下写字，外婆给她打了一盘毛茸茸的栗子吃。但是转念间她忽然觉得那个小孩并不完全是自己，她好像是在城市里长大的，男孩们就在楼下废弃的空地上踢足球。那些也不是树，而是两根从来没有停止喷吐热雾的巨型烟囱。同时存在却又截然不同的世界将她的记忆切割成两半。恍惚中一些影子旋转了起来，停止的时候她才看清那是驼背婆婆和橙色小马。

"你对那辆车很感兴趣是吗？我也可以给你介绍一下的。"獾工第三次伸出手，这次伸向了黑漆漆的消防梯。

"好的。"脑壳从那些纠缠不清的感觉里回到了现实。

下了屋顶，他们一起端详起那辆奇特的自行车。"看这儿，车头的连接件、桁架，都用竹子来替代了，还有这儿，"獾工像要把所有秘密一口气说尽似的，带着一种急切的热情口吻，"轮胎也换了，是用大豆油、稻壳和松脂做的。"

"这些都是你动手改造的吗?"脑壳似乎明白了为什么他以工程师自居。

"和学校的另一位老师一起，我们那儿有一些神秘的老师，但她的神秘程度很可能是其中数一数二的。"

脑壳抿唇道："说说?"

"其实是她发明了这种竹子自行车。"獾工露出钦佩之色。

"现在她在哪儿?"

"带着孩子们在城里骑车呢！她可不是一个停得下来的人。"

"在密布的水网中骑这种车应该不太容易。"脑壳说。

"总之玀族是在地下活动的。"玀工调皮地眨了眨眼睛。

脑壳整理交叉在身后的背带，说道："如果你去拜访小丑，或许他会和你说说气球玫瑰背后的故事，他是一位害羞先生，我还不知道他的故事。"

"希望如此。每个到达地下雪宫的人，都会留下故事。玀会将它们收集起来，但这些都是保密的。"

"对了，"脑壳顿了顿说，"你自己有没有丢失的东西？没准我们俱乐部也可以帮你找回来。"

玀工思忖片刻，微微蹙眉道："好像暂时没有。"

"不会的，"脑壳将鬓角的一缕头发别到了耳朵后方，裹着花香的风又在枯枝败叶中间沙沙作响，"每件失物背后都有一个故事，所以循着故事，你就会找到自己丢失的东西。"

獴工的故事

好吧，我确实想起来自己丢过一副眼镜。我人生中的第一副眼镜。那个时候我只有十岁，眼前的世界开始变得难以聚焦，黑板上的白色字符不稳定地闪烁，像在水里变形的植物。

我怀疑自己生了什么大病。小时候我总在隐藏自己的恐惧，不想让别人担心。是的，现在回想起来，我甚至一度怀疑自己即将失明。我独自跑到夜晚的街道上，夜色由蓝转黑，路灯的光晕犹如楼上窗口撒出的一大把沙子。星星都是破碎的，我第一次感觉到孤独。和长大后体验到的孤独不同，十岁的我初尝无助的滋味。

几天后，妈妈从那个皱巴巴的皮包里拿出了那副眼镜。我没有告诉任何人我的眼睛出了问题以及就此引发的一连串恐惧，她发现了这个秘密。

但她忽略了另一个秘密：我浑身上下都在抗拒那副奇丑无比的眼镜。它夸张的方形镜片足以遮住半张脸。我想不可能有孩子喜欢那种过时的黑色塑料边框。

作为一个礼物，妈妈满怀期待地将眼镜塞进我手里。我佩戴给她看，然后故作满意地将眼镜连同黑乎乎的收纳盒一起塞进书包，垂头丧气地逃回自己的房间。家里要买副眼镜也是不容易的事，我不能让妈妈失望。但镜子让我下定决心，为了避免出洋相，我真的不能戴上这副眼镜。

后来的几个月间，我的成绩一落千丈，不仅失去了在黑板上示范一个方程式解法的光荣，还被老师请进了办公室。我没能说出自己的理由，只是试着摸索和练习眯缝眼睛，好让黑板上的影像变得清晰。

但这没能挽回试卷上下滑的分数。为了看得清楚一些，我还故意拉长自己的眼角，又小心翼翼地生怕被人看穿这种小把戏。但那些题目似乎变得越来越难，我开始讨厌跨入教室，好像其他人都在嘲笑我——尽管我从来没想过取出那副眼镜。它一直待在书包的夹层里。

到了期末，我再次被请进了办公室。这次是语文老师。我害羞地低垂着头，她却让我坐在对面的

椅子上。我的手心全是汗。现在，就当我以为自己
已将这一切遗忘时，这些感觉又如戴上镜片般重新
聚焦起来。那是我感到最羞愧的一天。我的腿朝向
门外，下巴紧紧抵住脖子，不敢注视前方。

老师却拉开了抽屉，就在我以为要取出画满红叉的试卷时，她将一个精致的铁皮盒子送到我的眼前。"这个送给你，我们的好学生。"她"啪嗒"一声拉开了盒子的扣环。她的声音很轻柔，却像浪花拍打着海岸线，充满了令人安宁的力量。

盒子里竟然放着一副金丝铁架制成的眼镜，正是我梦寐以求的款式！我的记忆就在这一刻戛然而止。我忘记了妈妈看到新眼镜后有什么反应，也忘记了后来自己如何重整旗鼓，直到很多年后也变成了一个老师。后来我拥有过很多副眼镜，每一副都像珍品那样被保留了下来。我只是弄丢了那副我从来没有戴过的眼镜。

所以我要不要让她帮我找回那副眼镜呢？那个似曾相识的女孩，她说循着我的故事，就能帮我找回丢失的东西。

现在我已经想起了那时候妈妈期待的眼神，老师温柔慈爱的声音。当蕴藏其中的情感已被唤醒，我是否宁愿回到儿时那段短暂而又忧伤的日子，脱下眼镜，让世界再次蒙上一层淡淡的烟雾？

可是为什么我又想让那个女孩帮我继续寻找呢？唉，我可是玃工啊。玃原本应该是一种非常神秘的动物。

带着太阳的冒险

雪嘟嘟和奥莉奥独处的这天，巨大的雨点在光秃秃的枝干上吵闹起来。雪嘟嘟想起了第一次见到小狗的那天。它用亲吻治好了它的一点点忧伤。

"她人呢？和你形影不离的那位。"雪嘟嘟有些百无聊赖地甩动尾巴，劈里啪啦的声响在雨声中消融。

"找人去了。"奥莉奥伸出毛茸茸的舌头，一遍遍舔弄自己的前爪。

"说说，详细说说嘛。"脑壳不在，这儿只有雪嘟嘟琢磨得透狗语。

奥莉奥用一对杏仁状的眼睛出神地望着它，穿过它，似乎看到了陪伴它最久的脑壳。用过早餐，她在镜子里照了照自己便出门而去。

"是去学校了，给人送一副什么眼镜。"奥莉奥轻声叫唤。

"什么人？什么眼镜？看起来我错过了很多事情嘛。"雪嘟嘟四仰八叉躺在地板上，雨点叮叮咚咚敲打着绿色铁皮做成的棚顶。在雨天的交响中，一丝千载难逢的凉爽气流叫人心旷神怡。

奥莉奥压低了胸脯，挺直两条前腿，伸了一个尽兴的懒腰。"我觉得是一个她很想交朋友的人，这些天她一直到处在找一副什么眼镜，那个人的眼镜丢了，她想找一副一样的给他。"

雪嘟嘟歪头道："天底下哪有一模一样的眼镜，除非知道那个人的眼镜是在哪儿弄丢的。"

"我也是这么想，但是脑壳的心思谁也猜不着呢。"她出门时欢快的脸庞仿佛显现在雨幕中，奥莉奥把头埋进了胸口。忽然，它抬起了左腿，目不转睛地盯着消防梯。雪嘟嘟也跟着竖起耳朵。

过了一小会儿，奥莉奥兴奋地在原地转起圈。"是她，她来了！"一股熟悉的味道在潮湿的空气中氤氲开来，像水滴那样渗入了它的毛孔。

"到底是谁来了呀？"雪嘟嘟突然发现还有很多秘密是自己不知道的。

跟在奥莉奥身后，它们到了楼下。一群老人围成一团，奥莉奥扑上前去，绕过层层叠叠的裤管，用鼻头追踪到了一双脏兮兮的球鞋。

"怎么是你呀！"球鞋的主人弯下身，一把抱起了奥莉奥。

"这狗和你是旧相识吗?"又是那位颇具威仪的伞奶奶。

奥莉奥的脑袋在女孩的胸前摩挲,雪嘟嘟渐渐看清那儿绘有一只老鹰。她将小狗放回脚边,转头对伞奶奶说:"去了你那儿才知道你们都搬上来啦,这些东西麻烦分发给大家,过段时间我还会来添。"

老人们纷纷上前握她的手。

"不用客气啦,杂货店也不得不关了,里头的东西我会慢慢带上来。"说完她又抱起奥莉奥,脸颊紧紧贴上它的背脊,一种熟悉的感觉重新回来了。

"小家伙,知道吗? 后来我去找过你们,但是狗狗侦探所已经关了……在这儿,很遗憾什么都在关上大门。"她像抚摸婴儿般触碰着小狗饱满的头颅。

奥莉奥乖巧地蜷伏在她的臂弯。她们上一次见面还是在那棵巨大的柿子树下,和一条它从未谋面的小狗永远地告别。它收到了风干的鹌鹑和花生能量棒作为谢礼。

接着,另一个熟悉的声音从门口飘来了。"嘿! 怎么会是你?"脑壳径直走向了老鹰女孩。

"再次认识一下,"女孩伸出手,"鱼果,回声杂货店店主。"

回到屋顶上,雪嘟嘟才弄清来龙去脉。这儿的人也像雪绒谷一样,转不了几个圈就都连在了一起,仿佛环环相扣的谜语。

　　"其实杂货店只是副业啦，副业快把我填满了。"鱼果放声大笑，胸口的老鹰扑闪起翅膀。

　　脑壳竖了竖大拇指，说："刚才听你说店就要关了，好可惜啊，那么接下来呢？会特别专心于哪样副业吗？"

　　"这不刚带着孩子们骑行回来嘛，"鱼果歪着脸，对蜷在脚边的奥莉奥扮了个鬼脸，"就像带一群快乐的小狗出去散步似的！"

　　"是在城里的骑行吗？"脑壳下意识地问道。

　　"会在城市转上一圈，探索一下组成我们现在的世界需要付出多少代价。带孩子们去旧衣回收厂看看，制作一件这样的 T 恤会排出多少二氧化碳，"鱼果拉了拉自己的肩袖，说，"去污水治理中心，你也知道，这几年咸潮成了头等大事，孩子们需要了解我们究竟遇到了什么麻烦，还会一起参观加油站和充电

红嘴唇，绿屋顶

找啊找，我们出发了

111

站，原来汽车也可以变得更加绿色，当然啦，我还是鼓励他们以后坚持骑车。"

"对碳的排放来说，自行车确实更好些。"脑壳若有所思地说。

"那你必须得看看我自己改装的车!"鱼果招呼脑壳朝楼下俯瞰。

果然是她。脑壳这次的笑带上了些许不易察觉的羞涩："我在獾工那里见过啦，你们的竹子自行车嘛。"

鱼果瞪圆了眼睛，雨也不知不觉停了，一席凉风撩开她的发帘。"天啊! 地球太小了!"她挽起袖管，"但你还是得见见我的车，因为我会带着太阳一起旅行。"

"带上太阳?"脑壳喜欢风在对方脸上画下的线条和阴影。

"当你在车里，通过窗户看到一切，这和电视上的画面相差无几，但当你骑车时，你会真正成为大自然的一部分，"鱼果津津乐道，"可是旅途更长一些的时候，你就需要电池来供能了，太阳就会带给你想要的一切。"

顺着她伸向雨后半坡的手指望去，一辆造型奇特的车清晰浮现在巷子的尽头。除了同样用竹子替代了一些金属的组件，四根长长短短的竹节还支撑起一个蓝色的棚顶，高高盖过了座椅和把手。

"将电机焊在后轮上，用竹子做成支起太阳能电池

一项活动或一件产品的生命周期中直接、间接产生的温室气体排放量称为碳足迹，通常包括开采与制造、组装、运输、使用、废弃物回收和处置等环节产生的排放量，选择碳足迹更少的活动和产品是对地球更友好的生活方式。

板的支架，"鱼果骄傲地说，"每天太阳升起时，会将光子轻轻抛洒到板上，轮子便转起来，世界也就跟着转起来了。"

奥莉奥仰起头，饶有兴致地用前爪拨弄着鱼果的鞋带。

"那你带着太阳都去过哪些地方呢?"脑壳也对鱼果的旅行很感兴趣。

鱼果却沉默了下来。雨丝又如柳絮般浮动，停在了她闪烁的睫毛上。她用手指轻轻掸去雨点。奥莉奥将爪子藏进了胸口，红着眼睛，已经犯起困来。

过了半晌，鱼果的话让半睡中的奥莉奥挺直了脖颈："去过很多地方啊，说起来也是几年前了，太阳每天都挂在天上，但那是再也不可能重现的旅行，因为我最亲爱的旅伴，我的小狗，回不来了。"

奥莉奥昂头不语，发出轻柔的喘息。他们的眼神在缓缓落下的雨幕中重新相遇。

"那也是一条比格犬，脑袋要大一些，背上的花纹要密一些。"鱼果用手臂紧紧裹住奥莉奥，仿佛马上它将再次离去。

鱼果和另一条小狗的故事

在海啸剧团工作的时候，猪猪就已经是我的好朋友了。我还记得那是一个雨天，精疲力尽地表演完，我坐在路牙上，几只野鸟从高空线网中俯冲而下，为了争抢几粒面包屑。一种更深的疲惫席卷而来。

猪猪就出现在这张疲惫的网中。那时它好像摔折了一条腿，用无辜的眼睛望向我，在一盏闪烁不定的路灯打出的光晕中，腹部不安地起伏。我走了过去，水滴顺着伞檐滴答滑落。碎叶沾满了我的鞋底，发出嘎吱嘎吱的声音。它一直安静地待在原地，发出低吟般的哀鸣，用一种近乎乞求的眼神看着我，渴望着我。当我的手掌真正触碰到它，它出人意料地侧过身，松开了保护腹部的四肢。原来它的胸腹部涨满了奶水，就像一只等待起飞的气球。

我将它抱入怀中，就这样缔结了友谊。我叫它猪猪，把单人沙发让给了它。洗澡的时候，我将细细的棉签一次次探进它发炎的耳朵，用碘伏小心擦洗它腿上的伤口，直到发现被毛发覆盖的皮肤上还有一块块青紫斑点，我才想到这可能曾是一条实验犬。我们相安无事地度过了这个雨夜。它将餐盆舔舐得干净如镜，顺从得令人心疼。

后来的日子里，我并不觉得是自己给了猪猪一个家，相反是它无数次倾听了我的心事。每当它躺在我膝上，用清澈的眼神回转凝视我时，我就确信

它能听得懂我的秘密；每当我说着说着抱紧它的脖子开始啜泣，它就会用湿漉漉的舌头轻舔我的手背，温热的能量便如此传递。

有一天晚上，我将剧团解散的消息告诉了猪猪。它围绕餐盆打转的动作停了下来，抬起眼皮眼巴巴地盯着我，生怕我会流泪似的。那晚我真的无法止住眼泪，但不是因为失业而哭泣，那家小小的杂货店还能让我们维持生计。只是世界变得更加炎热和狂暴，路面在软化，桥梁在坍塌，防潮闸警铃大作，野火吞噬了片片森林，人们变成被抛上甲板的鱼。空空荡荡的观众席已经宣告了世界的崩塌——很少有人在意艺术了，而艺术曾预言过的一切都发生了。

几天后，我决定去做一件真正疯狂的事。我摊开地图，沿着长江，画下一条线。我想去看看世界究竟变成了什么样子，从母亲河的尾端向着源头追溯。我开始敲敲打打，摆弄那辆太阳能电动自行车的棚架，猪猪偎依在脚边期盼地看着我。真是小傻瓜。从一开始我就打算带上它。

我们真的启程了。沿着东部海岸前往丘陵和峡谷，有一两次，我因为感冒考虑将行李搬上火车，但这意味着我和猪猪要短暂分别。我们不能分别。一个晚上，我在露营地的一堆篝火旁和它交易：如果我承诺一直带着它，它必须保证像我一样尽量享用素食，这可以让地球升温更慢一些。这个嗜肉的

118

家伙一开始对着满盆野菜和豆制品哼哼唧唧，很快就委屈巴巴地摇摇尾巴，向饥饿妥协。

我们偶尔也在河边抓鱼。踏着冰凉的河水和滑腻的水草，猪猪成为兴致勃勃的主角。它会在岸上静静观察浅水区里的动静，等到松懈的鱼游到面前，它才像狮子般扑向自己的猎物。它咬着活蹦乱跳的鱼，用叽里咕噜的低语热情地向我邀功，在我眼神的鼓励下才将猎物扔进水桶。这往往是我们在夜晚的加餐，撒上盐巴，在噼里啪啦的炉火边，猪猪得到了犒赏。

很多个白天，路人会看到一辆奇怪的篷车穿梭在乡间，一条健美的小狗撒开腿奔跑在侧。而在晚上，我会搂着它讲述自己的故事，还有演过的故事。我们躺在树荫下一起做梦。它的四肢不停抽动，就像在踩看不见的轮子，嘴里发出胡乱的梦呓，而我梦到了我们的目的地。

那段美好的时光终止于三年前。当

我在大陆中部的群山之间听说了风暴潮的事，我决定回头。我得回到海边，回到我慢慢长大的地方，看看还能为它做些什么。

我和猪猪回到了我们出发的地方。不久以后它却失踪了。有一天，它的行踪被另一条比格犬发现，它死于轮胎下，一位画家已经替它在柿子树下安了新家。我想那是一个永恒的家。

我想念猪猪，想念再也没有机会出发的旅程。直到今天，我重新遇见了奥莉奥。我一定要问问它，是否愿意将以后的时间交给我。我早已想好下次带上太阳的旅行的终点，是那儿，只有那儿——白马雪山。报纸上说的，那里毁于一场整整烧了53天的大火。

别的回忆，你的回忆

潮水的方向

奥莉奥整天用前腿掩住脸，用着怯的眼光透过趾缝打量脑壳。它还梦到了那条长眠于柿子树下的小狗。当它在清晨的细碎声响中醒来，第一眼就看到脑壳拖在地板上的裤脚。也如梦中般，它想喊她，向她跑去，但无法出声、无法动弹。它无论如何也说不出口想要离她而去，踏上一段追寻自己的旅程。

今天，就今天，是时候向她告别了。奥莉奥抬起头，脑壳和毛豆爷爷的背影正扶栏而立。鹅掌楸上的那两只小鸟又在叽叽喳喳地叫唤，喊来了带着鱼腥味的晨风。他们如两尊雕塑般迎接着又一个寻常的早上。

喂喂的蓝色木壳船也如往日一样，在这个固定时分向俱乐部飘荡而来，屋顶上已经隐隐约约能听到歌声了。

123

等船再靠近些，毛豆爷爷才发现唱词全变了，不再是"七颗星"和"七块冰"的小调。"你听，是不是在说什么'风团'？"脑壳将身体努力往外探了探。

毛豆爷爷立刻想起了三年前。也是这样飘落细雨的早晨，在被太阳晒得滚烫的海面上，蒸发的水汽已经形成了恐怖风团，摧枯拉朽般飞掠沿海的上空，掀起了滔天巨浪。而城市里的人们却像沉醉于舞台的观众，毫无防备地陷入了从外部向内席卷的火海。

"我好像听到了'涌浪'和'涨潮'，还有'疏散'！"脑壳用一种罕见的音调高声喊道。毛豆爷爷看清了那个伫立船头一遍遍扩散消息的人并不是喂喂。其他人也终于听到了这刺破晨雨的嚣闹声。

"我的天，说来就来？皮划艇还没备够呢！"桑秋满脸焦躁地大声嚷嚷。等到喂喂奔上屋顶，毛豆爷爷再次向她确认了这个令人不安的消息：更大的风暴就要来了。

"是真的，"说话的是一个喘着粗气的陌生男人，"避难所不一定保得住了，你们应该尽快转移出去。"

"这位是？"毛豆爷爷注意到他的衬衫领口有一圈独特、繁复的用细绒线缝制上去的装饰纹。

"叫我班迪，天气预报员，"他说，"眨眼间这个特大风团已经快到家门口了，现在你们这儿有多少救生艇？"

"转移几十个老人孩子应该勉强够，但真的只能走吗?"毛豆爷爷说。

"东北线上的内陆城市大概率也会遭到这次风暴的远程攻击,所以得尽快往安全地带走。"班迪再次肯定地点了点头。

毛豆爷爷望了一眼身边的脑壳,深深呼出一口气,接着说:"那你们一起走吧,你带上小狗,夏雨和小甜橙带上猫咪、桑秋、喂喂,还有这个小东西。"他指了指雪嘟嘟。它很少像现在这样上蹦下跳。

"不!我才不要走!"雪嘟嘟忽然带着哭腔哇哇大叫起来,一点也不像它平日温和斯文的样子,"我,我还没找到它呢!"

"好,"毛豆爷爷用一个坚定的眼神回复它,"我也不走,我留下来。"

"你们疯了?忘了三年前的事了?指望这片高地能再救你们一次?"带着一种生气和嘲讽,班迪不留情面地说道。

"我知道你其实是舍不得箱子里的东西啦,"喂喂说话间,蒙蒙细雨不合时宜地聚集成了雨滴,"这样,晚些我来开船带你们走,好不好?你、雪嘟嘟,还有那只大箱子,一件都不落下。"

毛豆爷爷想把话题引到一些温馨的回忆上,比如第一次看到雪嘟嘟从蓝色船篷里跳出来,风车划过它奶油蛋糕一样的脸。但他立刻意识到此刻他必须作出决定。

"听我说，毛豆爷爷，也许他们还会回来找这些东西的，我们得保护它们，对吗？"雨点像断了线的珍珠般，顺着喂喂别到耳朵后的一缕头发往下淌，"你把东西都整理好，日落以前我来接你们，就这样说定了吧！"

"不要！我不走！我能游泳！"在铁皮尾巴的摩擦声中，雪嘟嘟的嚷叫显得更加嘈杂刺耳。班迪忍无可忍地上前一步，一把将这只不听话的猴子塞进了怀里。

"喂喂，我们快走吧！"他的声音不带一丝迟疑，"还得去通知别的避难所，没有时间可以浪费了。"

看见他们从消防梯消失，鱼果终于拉了拉脑壳的衣袖。"我会走的，但就不跟你们一起了，"她说得干脆利落，瞥了一眼脚边的奥莉奥，"我本来就想继续几年前没能完成的旅行，这样一来，我决定立刻就动身。"

奥莉奥哼哼唧唧起来，脑壳用疑惑的眼神看向它。

"如果你不愿意，我想它会留下来的。"鱼果说。

脑壳再次不可思议地看向奥莉奥。它绷直了腿，挺起躯干，姿势古怪僵硬得好像很久没上发条的机械狗，在向脑壳挪动了几步后，突然倒下来。脑壳用手掌抚摸它长满了褐色圆斑的肚皮。通过指尖，小狗的呼吸卷着他们之间才能听懂的密语静静地传递。最后，脑壳闭上眼睛点了点头。

"太好了，谢谢，"鱼果将手放在胸口上，"我保证一定会好好照顾它。"

脑壳的眼眶已经噙满泪水，但她还是抽了抽鼻子，微笑着向鱼果再次点了点头。

　　一个不请自来的男人突然打破了两个人的对视。"现在完全没必要这么伤感。"说话者身后跟着怀抱虎斑猫的小甜橙，最后是握了好几把油纸伞的夏雨。

　　夏雨将伞交给一言不发的毛豆爷爷，依然用她不紧不慢的口吻说道："这是小甜橙的爸爸，昨晚才从铁道上回来。"

　　"我大概听说了你的事，"小甜橙爸爸对鱼果说，"你想骑车往西去？但你根本不知道旧地图上的哪些路段可以通行，哪些已经走不通了，想象我们都在泰坦尼克号倾斜的甲板上，你带着这条小狗走陆路恐怕哪儿都去不成。"

　　"那我们该怎么做才能到达白马雪山呢？"听了鱼果的话，毛豆爷爷胖乎乎的身体不自觉地颤了一下，仿佛从梦中惊醒。

　　"白马雪山？天，还真不近！不知道这些能不能帮到你，"他摇了摇头，从口袋里掏出厚厚一叠火车票，"这都是我这几年在铁路沿站收集的票，这些班次是因为气候灾难停运的，或许你可以根据它们来推测路线，如果你坚持要去的话。"

　　奥莉奥再度发出了含糊的呓语。"宝贝，"脑壳将嘴贴近它花瓣似的大耳朵，"听着，宝贝，你也要保护好鱼果，知道吗？你们都会好好的。你们是在带着太阳旅行呢！"

"为什么刚才你说让我们不必伤感？"毛豆爷爷忽然说道。

"哦，是这样，如果各位决定坐船离开，我也建议往西走，直接沿长江逆流而上。"小甜橙爸爸说。

"如果我没搞错的话，"鱼果轻轻摩擦掌根，"逆流而上的终点也是白马雪山，那儿是长江的上游，我们还是有机会聚在一起的。"

穿过越来越叫人难以睁眼的雨幕，奥莉奥用热切的眼神回望脑壳。

"那么你们呢？是不是也坐喂喂的船走？"脑壳扭头对夏雨说。

"不了，他还要回事故前线去，坍塌的路基是修不完的，"夏雨的话让那只依偎在小甜橙怀里的猫咪也伸展了一下前腿，"至于我们，我们再也不会分开了。"

一切似乎都决定了，毛豆爷爷想，日落以前自己将带着所有被弄丢的回忆登上喂喂的方舟，而这种现实的感觉立刻又被遥远的幻觉取代。他想起了那片久违的锯齿般的冰峰、卷须状的云团，以及吞噬过一切的黑色而杂乱的天空。

他将再次回到白马雪山！20 年前埋葬了自己回忆的地方。他仿佛看到那个负重而行的年轻人从身体里走了出来，在一道斜晖中，他看清了那是曾经每天埋头寻找的自己。

这会是我最后一次驾驶这条木壳船吗？这个念头涌上来的时候，我立刻被一股强大的力量拖回岸边。我似乎再次触碰到他那异常粗糙的、仿佛写满了命运的掌纹。他威严、不容抗辩的声音又在我耳边重新回响："喂喂，拉紧绳子！"

我们所有的故事都发生在这条船上。母亲因为肺炎死在我蹒跚学步时，父亲，那个永远戴着一顶渔夫帽的骄傲的船长，变成了我全部记忆的参与者。他的脸上有一块巨大的晒斑，褐色，肺泡的形状，来自海面上的骄阳毫不留情的雕刻。阳光还蚀坏了他的双手。每当他用手从那件宽大的牛仔外套里变魔术般掏出一些零食时，我都会触摸到那些被绳索勒得很深的伤疤。

父亲的渔民生涯没有什么好多说的，很长的时间里，我们就在海岸线附近捕捞鱼类。书上说海是湛蓝的，那绝对是骗人的，海是灰色的，潮峰总是带着脾气，就像下面藏着一个口吐白沫的怪物。后来父亲说："不，海真的是湛蓝的，只要我们有勇气驶得更远。"

他是对的。在我九岁那年，我们自己动手，让船拥有了一张帆。它带我们去了蓝色的海。每当父亲张开收卷在桅杆上的船帆，他伤痕累累的手掌便会拼尽全力，向着大海深处挥舞一番，仿佛那里住着他久别重逢的朋友。

十三岁那年，我们不再去看望这位"朋友"了。父亲收起了帆，回到了怪石嶙峋的海岸。我还记得那天的夕阳猩红无比，就像中了剧毒，父亲瘫坐在甲板上，网兜里满是垂死的鱼。它们惊恐地张大嘴，呕吐物沾满了渔网。气味黏腻又难闻，因为它们不得不消化塞满了胃袋的塑料。

很多年后，在一些相互缠绕的梦中，我还会回到这个场景，但是那些面目模糊的鱼类忽然长出了耳朵和眉毛。此后父亲改变了想法，那片被他视作旧友的蓝色大海不再为我们提供庇护，而是像块漂浮的大陆般越躲越远。

父亲用勇敢者的标准将我训练成为航行者，却像对待脆弱的婴儿那样照料海洋。他决定留在海岸

133

线上，开始研究哪些海湾、水湾、海滩和河岸更容易受到过度塑料污染的影响。我们的小船依然听凭风浪的摆布，但满载而归的不再是鱼类，而是塑料碎片。

岸上的人嘲笑我们的无足轻重。尽管他们口中所说的"贫穷"，或关于垃圾永远无法捡拾完的判断并非全无道理，但父亲还是告诫我，永远不要因为别人的误解而放弃自己的事业。

"去为那些永恒的东西奋斗！"他言简意赅而又确信的口吻，像星空般时刻闪耀在我的头顶——即便他已经在海啸中永远离开了我。

事实上他真的是对的，越来越多的人也因为我们的坚持而改变。有一天，有人为我们的木壳船送来了摄像头、无人机和人工智能系统。这些靠电池来运行的设备让父亲手足无措，他第一次用憔悴、困惑的目光向我求救。

那是我第一次感到自己也成了船的主人。那时我已经上了大学，很快了解了它们的功用。对于我们打捞上来的塑料废弃物，这些先进的电子系统会将可以回收的东西拣选出来，甚至通过比对数据库找到它们的源头。

很多个夜晚，父亲在睡梦中再次挥舞起他那双遍布伤疤的手。海岸上的其他捕捞者渐渐转变了观念，这也给他带来了满足感。珊瑚礁变成了白色废

墟，寄居其中的鱼种失去了家园，同时变酸的海水导致虾和牡蛎等鱼类的盘中餐几乎灭绝，这使得这些流离失所的可怜虫又变得饥肠辘辘。虽然一些人仍然嘴硬说这是一门永远的生意，但他们打捞上来的却只有垃圾碎块。"也许那个人是对的。"他们的窃窃私语慢慢传进了父亲的耳朵。

而对我来说，那片深邃又广阔无边的海洋从来没有消失，只不过是将人类无情地抛弃了。亿万年的演化将为它带来新的生命，不得不面对失去和诀别的只有我们而已。

我永远不会忘记在那片悲伤的甲板上，父亲将一只鱼骨做成的戒指套到我的手指上，告诉我必须记住那些无辜牺牲的鱼，就像我永远不会忘记儿时所见父亲的样子：用一只布满伤痕的手攥紧绳索，另一只手腾空扬起，拼命探向无边的蓝色以及即将坠入其中的落日，仿佛要将自己也像一张风帆那般毫无保留地奉献给整片海洋。

方舟终于启程

桑秋头也不回地用桨拨开了水流，紧跟在他的船只后面的，是伞奶奶掌舵的船，再后面是船队。毛豆爷爷目送几艘皮划艇在大雨中往水道的深处划去，不知道是不是错觉，他似乎听到了桑秋那充满激情和讽刺意味的声音："我们雪山见！"

这不是真的，他想，这些老人会被送到附近的一个安全之所，而不是像自己一样跋山涉水。一定是这样的。他甚至幻想会有直升机在疾风骤雨中扔下救生梯，这种奇迹准会发生在桑秋的身上，他的手里握着解决现实问题的万能钥匙。

奥莉奥舔弄他从裤管露出来的腿，毛豆爷爷知道这是一种告别。他不愿意再次俯身抚摸它，怕从它的身上闻到那股已经熟悉起来的腥味——那意味着它也

137

是回忆的一部分了。他甚至微微抬起那条腿作势要踢。他希望轻描淡写地度过告别。

鱼果将双脚放在自行车的踏板上，后座用铁支架固定住露营装备。"这种天气太阳能板刚好用来当雨棚，我的设计是不是很巧妙？"她在老鹰 T 恤外添了一件荧光绿色的雨衣，故作轻松般笑喊道："过来，奥莉奥，快穿上你的背心。"

毛豆爷爷也迎上前去。"这一定是世界上最酷的敞篷车，"他的招牌笑容在翻涌的乌云映衬下显得温情脉脉，"祝你们一路顺风。"

鱼果的衣襟被一阵阵夹着雨点的晚风来回甩动。"我们得出发了。"她望着依依惜别的脑壳说。

"雪山见！"脑壳松开了拥抱奥莉奥的双手，站起身，将一只手搭在了鱼果的肩上。

"谢谢你的雨衣，我们雪山见！"鱼果系好头盔，朝着整个纯白色的木偶剧院挥手，随后启动了电机。奥莉奥翘起尾巴撒腿飞奔。"雪山见！"毛豆爷爷的喊声追了很远，直到喂喂的蓝色木壳船穿过了深深浅浅的雨雾飘然而至。

"啊，那是鹦鹉吗？"脑壳指了指船头。

一只鹦鹉正昂起小巧的头颅，敞开翅翼上的黄色斑点，露出灰紫色的胸脯，停在雪嘟嘟的肩膀上。

"我们回来啦！"喂喂边喊边和班迪一起将船停靠在坚果巷的巷口。

139

毛豆爷爷从蓝色木箱上站起身来。"你终于找到你的鹦鹉小姐了？"他脱口对雪嘟嘟说。

　　"我就知道在你们人类的雪绒谷里，大伙儿是用带魔法的绳子连在一起的。"猴子压低了肩膀，轻声细语道，像是害怕惊扰肩头那只高贵的鹦鹉。

　　"它俩正好着呢！"班迪跳上岸，帮忙将木箱抬上了船。等箱子安放妥当，在喂喂困惑的眼光中，脑壳埋头回到了岸上。

　　"怎么？你不跟我们一起走吗？"喂喂说。

　　雨声盖过了脑壳的声音，她咳嗽了一声再次回答："我还有别的事，就在这里祝你们一路顺风吧。"

　　"你留在城里是很危险的，为什么不跟我们一起走呢？"班迪皱眉道。

　　"放心吧，我们还会再次见面的。"脑壳将手伸进背带裤的插兜，摸到了那支从獾工那儿拿来的钢笔。已经远去的奥莉奥的背影重临眼前。说不定过不了多久，他们就会追上这条木壳船，但也可能地下会是躲避这次风暴潮的另一种选择。此刻她决心已定。

　　"那我们就雪山见！"喂喂深深看着脑壳。想到"雪山见"现在成了一种极力掩饰悲伤的方式，这个大都会将会再度被倾泻而下的洪水冲刷，街上的人们只能用铅桶和塑料盆将屋里的水泼走，而寻失俱乐部也不得不在潮水中暂时散场，毛豆爷爷摇晃着灰熊般笨重的身体，最后一个上了船。坡顶的白色建筑物也像岸上的脑壳那样，在灰色雨雾中变得越来越朦胧了。

"从今天起，我们几个就要在这儿相依为命了。"班迪掀开塑料布，船底垒放着好几箱饮用水和压缩饼干。他简直是另一个桑秋。

"这猴子连好吃的都忘了。"调整好方向舵回到船篷里的喂喂摇头笑道。雪嘟嘟时而用手指轻抚那只鹦鹉的翅膀，时而痴痴地傻笑。

当木壳船在突突的马达声中启程，毛豆爷爷终于回过了神："谁来告诉我鹦鹉究竟是怎么回事呢？"

"那只虎斑猫看到的都是真的，"雪嘟嘟说，"它说见到一只鹦鹉飞进了一个带望远镜的窗口，不就是他嘛！他用那个金属大家伙遥望星星。"

鹦鹉扑动翅膀，在雪嘟嘟小心翼翼的目光中栖落在班迪的肩膀上。班迪撇嘴笑道："本来还得想办法让它乖乖听话跟我们走，谁知道它在家里见了这只宝贝鹦鹉，赶也赶不走了。"

"我们已经认识很久了，它是来自雪绒谷的，才不是你的宝贝呢。"木壳船晃晃悠悠地，像一个梦境般将雪嘟嘟带回了蒲公英弥漫的洞口。那是记忆中雪绒谷最美丽、忧伤的一幕。

似乎是因为听到了雪绒谷，班迪的脸上闪过一丝疑惑，他走了会儿神，雨点敲打船篷的响声又将他拉回现实。"其实我真挺佩服你，"他侧身对毛豆爷爷说，"如果不是为了那么大一箱东西，恐怕你也不肯上船吧，

141

里头到底装了些什么呢?"

　　毛豆爷爷笑着将箱盖再次翻开，那股属于灰尘和回忆的气味又回来了。没有什么比这更加让人安心的。丢失的物件依然安详地沉睡其中，仿佛这艘木壳方舟并不是在向远方逃亡，而是即将追溯它们的源头。

　　穿过层层叠叠的物件，抽出一根由牛毛编织的细红绳，班迪忽然将手指探向了箱底的最深处。丁零丁零的轻灵之音完全覆盖了大雨的奏鸣，系成一对的铃铛像咬住了钓钩的鱼，从深邃莫测的记忆之海浮上岸来。

　　"老天！这铃铛是我的，简直难以置信，这真是我的东西，我已经弄丢很久很久了！"在众人不可思议的惊叹中，班迪来回晃动，仿佛会从这对残旧蒙尘的铃铛中召唤出一只精灵。

　　只有毛豆爷爷垂手默立着，目不转睛地注视着铃铛上自己用爱和悲伤亲手雕刻上去的密密团团的花纹。

班迪和铃铛的故事

你的记忆中有没有一种独特的声音？每当你听到它，记忆中的某个场景会像舞台布景一样升起，随后你成了舞台上忙前忙后的人，穿梭于由声音带回的万花筒般的回忆之中。

我有个朋友就是这样的，每次听到巴赫平均律中的一首，她便看到小时候的双手跳动在钢琴键上，旁边依然是她那位戴着方框眼镜的妈妈。

这听起来是一个带有负面情绪的故事，但我认为回忆本身并没有好坏之分。回忆是有重量的东西，是这种重量感让它变得不可或缺。

而在那些铺成我的记忆之路的碎石中，我会毫不犹豫地捡起那对铃铛。隐藏在它晃动所产生的美妙乐音中的，并不全是童年的快乐和纯净，也包含

了许多贫穷与无所事事的时刻。

其中最重要的时刻发生在一个薄雾缭绕的清晨。山顶的雪盖被层层叠叠的云团掩盖，弯着背的奶奶没有像往常那样提着铅皮桶推开院子的铁皮门，去给刚刚从牧场赶回家的母牛挤奶，而是拿出了那对由牛毛红绳系在一起的铃铛，挂在它毛茸茸的脖子上。

"为什么要挂这个？"对于我好奇的询问，慈爱又满足的笑爬上了奶奶遍布皱纹的眉梢。"它就要生小牛啦！"她说，母牛生产的时候会躲进树林，挂上铃铛我们才能循声去找。

那头小牛就在大雾弥漫的这一天住进了院子。在后来的几个月里，它雪白的毛发慢慢长出了棕黄色的斑块，脑袋的两侧春笋般探出了圆圆的雏角。它没有被奶奶关进后院的牛棚，也没有像其他牛群一样放养在山坡上。奶奶说，山上有野狗和灰熊出没，曾在隔壁一头小花牛的背上咬出了个大窟窿，虽然每天清洗和打针，那头牛最后还是因为一群苍蝇在伤口上产卵而死去。

"我可舍不得我家小牛吃这种苦头。"她总是揉搓着小牛的两只耳朵和它玩耍，将那对铃铛挂在了它的脖子上。小牛会像小狗般抬起两条前腿，跨上奶奶弯得很低的背。

炎热的夏天，奶奶琢磨小牛总爱趴在水池里睡觉的原因。一定是因为橡皮管常常漏水，水池因此变得阴凉，她恍然大悟地说："我们干点啥吧！"她喊上我，用几片

145

木片和两根钢丝将一块装过化肥的塑料布固定在两棵桉树的树杈之间，为小牛搭起了一个凉棚。

很多人都说，奶奶把小牛惯坏啦，就像在宠一个小孩！她每天在挤奶的铅桶里加上面粉糊糊，再从用贝壳装点的牛皮包里取出一点盐，给翘首以盼的小牛加餐。小牛叮叮当当地将头伸进桶里，边吃边从尾巴后头喷射出水柱来，逗得奶奶哈哈大笑。

"这家伙又在捣乱啦！"我却经常冲着奶奶大喊大叫，因为每当我搬出那张瘸着腿的写字桌，想在院子里写会儿作业时，小牛就会得意扬扬地凑过来，甩动脖子上的铃铛，来来回回地在桌角上蹭痒痒，不记得有多少次，差点就将桌子顶翻。每当我伸手拍打它的背脊，用嘘声哄它离开时，它便睁着那对无辜的大眼睛来舔我的衣角。

"你就让让它嘛！"奶奶从来没有主持过公道，反而常常拿出了盐。小牛摇晃铃铛，将已经咽下的草叶吐回嘴里，搅拌着盐巴重新咀嚼起来。

除了铃铛，小牛的脖子上还有一根用一条牛毛绳系着的扁木条。有时它从不小心留缝的院门撒腿跑出去，我便只能循着铃声追赶，只有抓住了木条，才能满头大汗地将它牵引回来。奶奶非但不批评爱闯祸的小牛，还笑着责怪我腿脚太慢。

面对我不断的抗议，有一天奶奶终于说："你知道小牛为什么总爱跑出去？"我摇摇头，对于这个

麻烦的家伙，我真是捉摸不透。奶奶的解答让我大吃一惊："因为它的妈妈在外面，它想见它的妈妈。"

也许就是从那个傍晚开始，我突然将自己的某些情绪和小牛糅杂在了一起。我忽然明白那种有时会在夜晚浮现的忧伤究竟是为了什么。我也想自己的妈妈，她离开了我们居住的村子，去往远方的城市谋寻生计。我已经很久很久没有见过她了。我也曾因为黄泥小道的些微动静推开院门，但她从来不在那儿。

也是从那个时候开始，小牛成了我的知音。每当云雾散去，夜晚的白马雪山被星辰环绕时，我就会坐在草甸上，将脑袋抵靠着它饱满的头颅，用双手握住那对每天会增大一点点的雏角左右摇晃，它便兴奋地蹦跳起来，伸出海绵似的舌头，一遍遍扫过我的脸蛋。那时候满天的星星仿佛在一起鸣响。

后来，小牛长大了，搬去了牧场，我也长大了，即将离开生养我的小院。望着我脚边的行李袋，奶奶将那对铃铛从贝壳包里掏出来，挂到了我的脖子上。我无法忘记她那时难舍的眼神，无法忘记她对我说："千万别忘了这里，这儿的有些树是你种的，山里的有些动物是你抓了又放的。"我当然不会忘记。我强忍着眼泪，伴着铃声踏上了离家远行的路。

回到最开始我说的，你的记忆中有没有一种独特的声音？如果没有，请你再想一想。没人知道当我在箱底发现那对三年前遗失的铃铛时，我的心跳得多么剧烈，在缓缓升起的记忆之幕中，我无数次举起望远镜想要再次探触的壮丽星空，那头在铃声中笨重起舞的小牛，奶奶在风中久久伫立的身影，那条蜿蜒起伏的乡间路，甚至院门一次次被推开的吱呀声响，请相信我，都在转瞬之间回到了眼前。你需要这样一种声音。

我们的秘密

毛豆爷爷点燃的渔灯重新照亮了在迷茫夜色中前行的木壳船。在一束橘黄色的光线里，马达推动水面的突突声忽然变得寂静下来。几个小时前雨滴停止了喘息，遥远天际划过的闪电投影出蓝丝绒般缓缓飘动的天空。

"我们是不是驶出风暴区了？"毛豆爷爷的目光在灯火中明明灭灭。

班迪取出了望远镜，似乎是在回答他的问题："今晚应该能看到那颗星星。"他用鼻梁牢牢架起望远镜，抬高了手臂。

"你是说什么星星呢？哪一颗？"毛豆爷爷的目光扫过天穹。只有很少的几颗星从漆黑云团的缝隙间探出头，似乎在向他叙说雨后的寂寥与清新。

149

"其实我也不知道是哪一颗，但我想我们已经驶出了风暴区。"班迪依然举着望远镜，嘴唇在微微颤抖，就像扑向烛火的飞蛾翅膀，"我们都有一颗星星，或许只有自己可以看到。"

毛豆爷爷悠悠荡荡地想起了许多年前一起住在老屋弄堂里的小女孩。她在工地废墟中奔跑的样子，她露出两颗虎牙的笑，她小小的手掌中那只折断了翅膀的蜻蜓。他再次抬起头，想要听清星辰之间的絮语。他仿佛也回到了那些早已远去的日子。

"我在搜寻的那颗星星是奶奶，"班迪的声音低了下去，像是在和自己对话，"她对我说过，班班，别忘记你出发的地方，那里有几棵树是你栽下的，有几只动物是你放走的，那里就是你的家。"

"她已经不在家里了吗？"似乎感应到毛豆爷爷的叹气，班迪也在叹息中点了点头。

鹦鹉闻声从船篷飘落，优雅展翼的扑腾声扰动了整个夜晚的气息。伴随着班迪胸前铃铛的轻歌，雪嘟嘟也仰起了头，深深望向被它的翅膀剪影出来的星空。

它忽然想起了自己离开雪绒谷的晚上，爸爸为它安上铁皮尾巴，妈妈哼起清幽小调，它曾经以为自己会像它们料想的那样不会再回来了，但是当木壳船起航，它却再次感觉到那山谷中空气独有的质感，那迷人的笼罩了离别时刻的淡雾，那些教会它如何生存下去的目光。当踏上熟悉的归途，所有一切都被这静静水波奇迹般地推回了面前。它忽然发现自己并不是因为鹦鹉回来的，那只骄傲的小鸟也许只是将它与渐行渐远的故乡连接了起来。

"快去睡觉吧。"班迪将手指放在嘴唇上。看懂了这个姿势，鹦鹉回到了笼子里，班迪轻轻将一块黑色的布遮了上去。雪嘟嘟亲吻了毛豆爷爷垂落的手背，在叮叮当当的细碎摩擦声中也消失在了幽暗的船篷里。

班迪等了一会儿，将望远镜塞进裤兜，用一种神秘的口吻轻声道："其实我有个秘密要和你说。"

毛豆爷爷坐在船舷上，正出神地望向丝绸般摇荡的水波，倾听班迪在不经意间演奏的铃铛曲。他扭过头，将那条僵硬的假腿换了一个角度。

"这件事我很犹豫，"班迪向毛豆爷爷靠了靠，"我

别
的
回
忆
，
你
的
回
忆

不知道要不要告诉猴子。"

"是鹦鹉的事?"毛豆爷爷说。

"是的,那只大紫胸鹦鹉,我觉得它误会了。"一阵晚风拂过,水中浮现掩映在渔火间的两个脸庞。"我觉得它不是猴子心心念念的那一只,"班迪压低声音说,"它是我买来的,我看着它一点点长大,我确定它从来没有去过什么雪绒谷,它甚至还没有见过雪。"

毛豆爷爷的胡须在晚风中轻缓地摆动,藏起了稍纵即逝的诧异。这种微小的情绪很快又被夜晚此刻的平静抚平。

"或许大紫胸鹦鹉的来历可以替你做这个决定。"他说。

"什么来历?"

"和我们的路线相反,高海拔地区的鸟儿总要往南面的低地迁徙,所以它们会经过那座雪山,你知道我说的是哪一座,我们将要去的那一座。"毛豆爷爷惆怅地笑着,嘴角微微下撇,在脸上堆积出了一个难解的符号。

"白马雪山。"班迪说。

"嗯,就是那座山,许多鸟儿要往温暖的湿地和沼泽迁徙都会在那儿歇脚,留在那里补充食物,"毛豆爷爷顿了顿说,"可是森林在山火中消失了,很多长途奔袭而来的鸟儿死于火海之中,即使是最幸运的那些也失去了食物,它们不得不拖着疲惫的身体逃跑。"

"那只鹦鹉也是其中的一只？"

"它们本来早已习惯在冬天这样迁徙了，从北方到南方，从高地往低地，但我想是的，雪嘟嘟的那只鹦鹉就是这样失踪的。"皱巴巴的夜空中，失落的几颗星星重新亮了起来。

"所以你知道它的下落吗？你了解得这样清楚……"班迪忙追问道，也许可以将真的鹦鹉找回来。

毛豆爷爷摊手道："鹦鹉家族的来龙去脉是了解的，至于去哪儿找雪嘟嘟的那只，我还是束手无策。"说完，他深深地望了眼夜空，仿佛那里藏有谜底。

这个夜晚他的回忆像被热水冲泡的茶叶般张开。他听到了那棵收留虎斑猫的鹅掌楸中传出的经久不息的蟋蟀的鸣叫，闻到了最初在木偶剧院失物招领仓库中泛起的灰尘和铁锈的气味，看到了那个在变成船只航道的人行街上瘸着一条腿踏水而行的自己。

"保持家的感觉是重要的，对吗？家，就是我们对爱的一种确认。"毛豆爷爷从那些回忆中挣脱出来。就算那感觉只是一种幻觉，他想。他相信这个谎言对雪嘟嘟来说是一件好事，同样地，另一个谎言对班迪来说也会是一件好事。

"那这是我们的秘密？"班迪将拳头伸到胸前，毛豆爷爷也伸出自己的。为了这个秘密，也为了另一个秘密，他暗暗想。

"你知道我为什么总是眺望星星？我在想当我们被

洪水或是别的什么灾难驱逐的时候，至少最后还可以置身于宇宙的大家园之中，这可能也是你说的保持家的感觉，这是最重要的。"班迪又拿出了他的手持望远镜，伴随他的一举一动，那对铃铛欢畅的闹声变换旋律，在静谧月夜的航行中演奏出永不重复的声调。

这迷人的声浪也如海浪般反复拍打记忆的彼岸，毛豆爷爷愣了会儿神，又有一颗星星破云而出。终于他释然地再次露出了微笑。

随后他敞开黑色的衣襟，取出了挂有琴弦般丝线的木片。那只手臂上写着数字的木偶猴子又一次从他温暖的怀里钻了出来。

别的回忆，你的回忆

　　在说出铃铛真正的故事以前，我想再次重申物件对于我们的意义。在故事的开头，我说过自己是在搬离老屋后才意识到这一点的，现在我想更正。最初，确实是永失阿奶的悲情为曾属于她的一切镀上了爱的金边，让我开始体悟到每件东西都像海螺一样藏起了一桩心事，只有拿耳朵贴近才能聆听。

　　然而真正让我决定将自己的时间毫无保留地投入寻找失物的，其实是一个小女孩，或者说是那个折叠在时间褶皱里的她。

　　这里我就叫她小铃铛吧，因为她只会在这本书的尾声出现这唯一的一次，我想将她真正的名字隐藏起来。

　　当我将一只木头做的、关节可以活动的猴子交

给她时，她甩动两条细细的小辫，夸张地冲我大喊：
"这竟然是你做的？我太喜欢了！"她两条纤细的胳
膊在半空不停挥舞，仿佛尘埃也听话地打着旋。

　　那时候我们只有七八岁。在充满灰尘的老屋里，
她是唯一一个喜欢我的作品的人。我的整个童年几
乎都在霉绿色的亭子间里度过，楼上的叔叔就在头
顶叮叮咚咚地洗漱，蛞蝓悄无声息地在每个犄角旮
旯留下唾液，大人们终日忙于生计，没有人关心一

别的回忆，你的回忆

个寂寞的男孩在被角藏起了多少个木雕。甚至有三次我是从垃圾桶里找回了自己的刻刀。

只有住在阁楼里的小铃铛说她喜欢。我告诉她，研究如何慢慢剥落木屑，让轮廓和线条组成自己想要的形状，对我来说有一种魔力。像她这样的小孩总有数不清的朋友，她也在这种魔法里手舞足蹈。

我一直记得小铃铛从老屋搬走的那天，瘦削的肩胛躲在宽大的白衬衫下，风吹拂起来，好像一只即将振翅而去的蛱蝶。那天我忽然想到她是被大风雕刻出来的。

我从来没有忘记她。她就以这个单薄、纯真的样子一直停泊在我的记忆之港。直到十多年后的一次同学聚会上，我终于再次见到了她。她胖了一些，准确地说，是强壮了一些，手臂的肌肉线条变得清晰可见，但是当她再次翩翩起舞，灯光也在听话地打旋，我就知道她还是那个她。她一直在为一本户外杂志写作，已经攀登过十几座雪山。这对我来说是难以置信的。那些宏伟的、耸入云霄的巨塔如此遥不可及。

"你还是那么安静。"她用手掌托住被日光晒成蜜色的脸蛋，抿了一口杯子里的葡萄酒。我告诉她我变了，我早就走出了童年晦暗的房间，找到了自己的舞台。

我沿着一条仿佛被墨水晕染成深蓝色的巷子送

她回家，她在临别时说："不，你没有变，你还是那么喜欢雕刻，还让木头变活了。"

"我也学会了在别的材质上雕刻。"令人昏昏欲睡的路灯下，我意识到我其实只是在证明自己已经长大了。

最后她说三天后即将再次启程，向着白马雪山进发。"不出意外的话，这会是我登上的第十三座雪山。"她得意地说，仿佛那座山已经在自己脚下。她又爽朗地笑了笑，淡淡地说："不过那边有熊，一切也不太好说。"她还调皮地说着和熊打架的办法，叫人胆战心惊。

别的回忆，你的回忆

接着我们再次道别，月光柔和地为她的脸颊洒上了一层蓝粉，几乎在一刹那，我决定给她一个祝福。我用了一整天为她制作了那对熊铃。对于我去机场送行的举动，她给了我一个久久的拥抱。当她松开手，将铃铛挂上脖子时，又重新变成了那只轻灵、自由的蛱蝶。那时，我想她一定看到了我在铃铛上刻上的蛱蝶的图案。但是，后来的很多年，这变成了一种无法验证的猜测，变成了一种永远的遗憾。

小铃铛并没有告诉我雪山的另一重危险，在越来越炎热的日照下，冰塔开始消失，河水已经暴涨，登山者不得不在摇摇欲坠的冰瀑上行走，而那些曾经在地图上标记的冰貌早已改变，雪崩随时可能发生，他们有可能会变成迷路的羔羊——直到后来那个坏消息传来，自己也踏上了那条寻找她的遗物的路途，我才了解地球正在以沉默而又残暴的方式惩罚人类。

那是改变了我的一生的决定。当得知有些登山者的遗体被发现时，我立刻打算动身加入搜救的队伍，但是以失败告终。他们认为一个从未有过爬山经验的人只会碍手碍脚，这的确是对的。后来我听说他们从山坳中挖出了一些帐篷，并在下方的冰隙中发现了相机和冰镐，只有她始终没有被找到。那些被组织起来搜救的村民们渐渐淡忘了她。于是，我决心用自己的方式找回属于她的物件，并为之付出了一条腿的代价。

我不想在这个故事的尾声喋喋不休地述说自己寻找的过程，或是述说我所遭遇的和她遭遇的相似的山难，因为其实我也失去了那部分记忆。我只记得当我亲临其境，冰块正从破裂的冰壁上崩塌跌落，碎成碎片时，那对我亲手雕刻的熊铃如同刺破云雾的山巅般，被一束强烈的日光照耀。我将它带了回来。我忘了疼痛，忘了绝望，它始终在我的口袋里。

那个时候，我没有想到有一天我竟然可能会将铃铛转赠他人。那或许是因为班迪的误会如此打动人心，但愿意将这个误解永远封存归根到底是出于我的另一种信仰：努力帮人们找回他们的回忆和爱。

现在，木猴子结束了舞蹈，雪猴子陷入了睡梦，这条蓝色的木壳船寂静地划开仿佛无穷无尽的夜色，我能感觉到船头正在抬起，隐隐抬起，寻觅着远方那条浮动的白线。

而那条白线似乎变得隆起，渐渐隆起，化作记忆中的冰峰。我知道太阳就要升起来了，我们已经再次出发了。